L'ANNÉE
DE LA MOULE

Appelez-moi chérie.
T'es beau, tu sais !
Ça ne s'invente pas !
J'ai essayé : on peut !
Un os dans la noce.
Les prédictions de Nostrabérus.
Mets ton doigt où j'ai mon doigt.
Si, signore.
Maman, les petits bateaux.
La vie privée de Walter Klozett.
Dis bonjour à la dame.
Certaines l'aiment chauve.
Concerto pour porte-jarretelles.
Sucette boulevard.
Remets ton slip, gondolier.
Chérie, passe-moi tes microbes !
Une banane dans l'oreille.
Hue, dada !
Vol au-dessus d'un lit de cocu.
Si ma tante en avait.
Fais-moi des choses.
Viens avec ton cierge.
Mon culte sur la commode.
Tire-m'en deux, c'est pour offrir.
A prendre ou à lécher.
Baise-ball à La Baule.

Meurs pas on a du monde.
Tarte à la crème story.
On liquide et on s'en va.
Champagne pour tout le monde !
Réglez-lui son compte !
La pute enchantée.
Bouge ton pied que je voie la mer.

Hors série :

L'Histoire de France.
Le standinge.
Béru et ces dames.
Les vacances de Bérurier.
Béru-Béru.
La sexualité.
Les Con.
Si « Queue-d'âne » m'était conté.
Y a-t-il un Français dans la salle ?
Les clefs du pouvoir sont dans la boîte à gants.

Œuvres complètes :

Vingt tomes déjà parus.

SAN-ANTONIO

L'ANNÉE
DE LA MOULE

Roman

ÉDITIONS FLEUVE NOIR
6, rue Garancière - PARIS VIᵉ

© 1982, « Éditions Fleuve Noir », Paris.

ISBN 2-265-02110-5

Please do not throw anything down the toilet.

W. Shakespeare

AU PRÉSIDENT DE LA RÉPUBLIQUE

Je tenais à apporter ma propre, bien que modeste contribution (directe) à la gloire de ce grand homme d'Etat, qui a tant œuvré pour l'Union de la gauche, fut plusieurs fois ministre et qui, luttant avec une énergie farouche contre la crise financière, est parvenu à stabiliser le franc.

Merci, président Raymond Poincaré, c'est à vous que ce livre est dédié.

San-Antonio

NOTES LIMINAIRES

Le poète San-Antonio suça la pointe de son crayon Bic, par inadvertance, ce qui lui dessina un créneau violacé à la bouche.

Il n'y prit pas garde, ou s'il, décida que des langues féminines ne tarderaient pas à effacer ce dommage.

Il écrivit le délicat quatrain (de marchandises) ci-joint :

> Tu m'attends à l'établi,
> Jeune tire-joint,
> Mais jamais, c'est établi,
> Je ne t'y rejoins.

Il aimait les rimes riches, et même copieuses. Satisfait de l'œuvrette, il la glissa dans une enveloppe, y joignit sa carte et posta le tout à Bertrand Poirot-Delpech à la considération duquel il tenait plus qu'à la prunelle d'Alsace.

Comme il terminait, son téléphone retentit, avec immédiatement des inflexions impitoyables. La sonnerie rageuse avertissait qu'elle n'aurait de cesse qu'on eût décroché, quand bien même il n'y aurait personne dans la pièce.

San-Antonio avança sa belle main un tantisoit velue et chichement manucurée vers le combiné qu'il dégagea prestement de ses fourches (caudines).

Une voix pour rapport de multinationale, laissa tomber :

— Je voudrais parler de toute urgence au commissaire San-Antonio.

— C'est moi, répondit le décrocheur, puisque c'était lui, effectivement, lui au point que personne d'autre au monde n'aurait su l'être mieux, davantage ni plus superbement.

Un soupir de presque soulagement répondit à son affirmation. Le fameux policier pour noces et banquets comprit qu'en se prétendant lui-même, il venait, sinon de faire un heureux, du moins d'apporter l'apaisement dans une âme troublée.

Il ne se doutait pas que la plus terrible aventure de sa prestigieuse carrière commençait.

— Mon nom est Michel Lainfame, commissaire, je ne sais si vous vous souvenez de moi, nous nous sommes connus à *l'Hermitage* de La Baule, il y a quatre ans.

— Je me souviens parfaitement de vous, réponds-je en mentant de façon extrêmement fieffée, ce qui est de loin la meilleure. Comment allez-vous, monsieur Lainfame ?

— On ne peut plus mal, cher ami. Il m'arrive une chose effroyable et je m'adresse à vous comme l'eau à la pente.

L'image intervenant dans un instant prétendument crucial ne m'en paraît que plus forte. On ne fuit pas un homme capable de la déballer en pleine confusion morale.

— Quand voulez-vous ?

Il ne lui reste pas une broque d'ambages car il me répond spontanément :

— Immédiatement !

Il aurait employé « tout de suite », sans doute aurais-je marchandé ; mais il y a quelque chose de presque comminatoire dans un « immédiatement » proféré avec une telle force.

— Soit. Vous venez à mon bureau ?

— Puis-je pousser l'outrecuidance jusqu'à vous supplier de me rejoindre ?

— Où êtes-vous ?

— Chez *Lipp*.

— J'arrive.

Son merci est haché par le déclic du bigophone raccroché.

Aussitôt, je me sens un tout petit peu con, pas trop : la moindre. Je suis un officier de police réputé et élevé entièrement au lait Guigoz, selon Félicie dont je n'ai pas à mettre la parole en doute. Mon temps, sans être précieux (pour ce qu'on nous paie à la Rousse ! mais heureusement j'ai mes droits d'auteur) est ce que j'aime le moins à distribuer. Or, voilà qu'il suffit à un quidam dont je n'ai plus souvenance, de m'appeler, pour que j'accoure ! « Où ça va, ça ! » dirait Francisque.

Furieux après moi, je m'installe dans mon veston, lequel attendait mon bon plaisir sur le dossier d'une chaise, et dévale jusqu'à la cour. La flemme de prendre ma tire. Va falloir se garer plus ou moins. Le carrefour Saint-Germain-des-Prés, à midi, merci bien ! Cadeau !

J'avise l'inspecteur Lanlure en train de déhoter au volant d'une chignole de la taule.

— Tu peux me cracher à Saint-Germain-des-Prés, Frisé ?

Il déteste qu'on l'appelle Frisé, peut-être parce qu'il est complètement chauve, non ?

— Je regrette, commissaire, je fonce sur Pantin !

J'ouvre la portière droite et m'installe.

— C'est chouette de ta part, Frisé, déclaré-je comme s'il avait souscrit à ma requête. T'as toujours été serviable avec les potes, c'est sans doute la raison pour

laquelle ils t'ont surnommé « Gueule-de-raie », tu ne
penses pas ?

Lanlure démarre sec, renfrogné comme une vitrine
emplie d'accordéons fermés. Je lui flanque une bour-
rade amitieuse.

— J'espère que tu ne crois pas un mot de ce que je te
dis, Frisé ? Jamais les potes ne t'appellent « Gueule-de-
raie ».

Il grince :

— Oh ! moi, de toute façon...

— Non, rassure-toi : ton surnom c'est « Tête-de-
nœud ».

On traverse la Saône. Qu'est-ce que je raconte, moi !
Je me crois encore à Lyon ! On traverse la Seine, puis le
carrefour Saint-Michel, tout ça. Et cinq minutes plus
tard me voici déposé chez *Lipp*. Michel Lainfame, j'ai
beau trifouiller dans ma mémoire, je n'en extirpe
qu'une pute nommée Adélaïde de Granlieu, un acteur
de télé répondant à l'appellation de Robert Adrien, un
marchand de vins en gros portant le nom prédestiné de
Lavigne, et un ami d'enfance retrouvé à une station de
taxis, que j'avais jadis surnommé « Bite-de-serin », vu
qu'il pissait à l'aide d'une chose pas plus conséquente
qu'une noix de cajou ; mais alors, de Lainfame point.
Faut dire que je n'ai pas la mémoire des blases. Les
gens, leurs gueules, leurs étiquettes, je m'en tartine, tu
comprends ? Ils me viennent, s'en repartent après avoir
lâché un pet ou une connerie et tu voudrais qu'ils me
bivouaquent dans le souvenir ? Non, mais de quel droit ?

Chez *Lipp*, comme toujours, et particulièrement à
cette heure-ci, c'est bourré complet. Y en a même qui
sont debout près du portemanteau et qu'attendent des
places en fustigeant de regards impatients d'aimables
personnes dont la nonchalance les met en transe.

Je visionne alentour, cherchant un esseulé, mais dans
ce haut lieu de l'esprit, il n'est pas pensable d'avoir une

table pour une personne. Une main levée au-dessus des rangées de tronches me sollicite. Elle appartient à un grand bonhomme blafard, fringué de sombre, mais par Smalto. C'est moi qu'il hèle. En allant à lui, je cherche à le replacer dans le merveilleux *Hermitage* de La Baule, sans y parvenir. J'ai beau l'imaginer bronzé, dans une chemise de lin bleu ciel, le personnage me demeure résolument étranger.

La chose m'étonne d'autant plus que si j'oublie vite, je me rappelle plus vite encore. Je croyais que notre revoyure fournirait le déclic : bide !

— Partons d'ici, me dit-il, j'ai réglé mon Vichy.

On ne se serre pas la louche. Je me sens tout renfrogné, ayant la brusque certitude d'avoir été baisé.

A peine sur le trottoir, j'explose :

— Pourquoi m'avez-vous dit que nous nous connaissions ? On ne s'est encore jamais rencontrés.

Il hoche la tête :

— Je vous demande pardon. Mais pourquoi m'avoir répondu que vous vous souveniez de moi ?

Désarmé, je rigole.

— En fait, reprend Michel Lainfame, c'est ma femme que vous avez connue à La Baule, elle se prénomme Maryse et elle est d'un blond presque blanc, avec de grands yeux verts.

Ça fait boum dans ma tronche !

Maryse ! Tu parles ! Je passais deux heures de chaque nuit avec elle et il m'est même arrivé de lui pratiquer un supplément de quéquette dans sa cabine de bain sur la plage. Le sable c'est le sommier idéal. Silencieux. L'ennui c'est que tu t'ébarbes la bitounette au bout d'un moment. Elle raffolait du zob, cette délicieuse. Une vraie beauté, et pas bégueule. Pour elle, la brosse représentait un grand moment de la vie comme pour d'autres un repas trois étoiles.

Pour lors, je pardonne à son grand éburné (1) de m'avoir filouté en prétendant me connaître.

— C'est juste, dis-je, je la remets parfaitement.

Le verbe remettre peut paraître douteux, compte tenu de la confidence que je viens de te faire, mais m'adressant au mari, la chose ne tire pas à conséquence.

— Comment va-t-elle ? poursuis-je.

— Elle ne va plus du tout, murmure Michel Lainfame, c'est d'ailleurs à ce propos que je me suis permis de vous déranger, monsieur le commissaire ; figurez-vous que je l'ai tuée il y a moins d'une heure.

Tout autre sursauterait, exclamerait des onomatopées plus ou moins taupées, s'écrierait du « Allons donc ! », du « Vous plaisantez ! » et autres billevesées pauvrettes qui aident à exprimer la surprise ou l'incrédulité, voire les deux réunies en un seul paquet.

Moi, sans broncher, tac au tac, je lui virgule :

— Accidentellement ?

— Si l'on veut.

La nuance m'échappant, je le prie de me fournir quelques précisions si c'est un effet de son amabilité.

— Eh bien, m'explique-t-il assez volontiers, j'ai découvert qu'elle me trompait sous forme d'une lettre qu'elle était en train d'écrire à un prénommé Lucien et que je parvins à lui arracher des mains. Elle y appelait ce monsieur « ma belle queue d'amour » et « mon ogre bouffeur de cul », ce qui, selon moi, ne laissait planer aucun doute sur la nature de ses relations avec le Lucien en question. Comme elle avait tendance à se gausser de mon courroux, cependant très plausible venant d'un époux, je me suis permis de lui tirer quelques balles de mon pistolet dans la région du cœur.

— Voilà une réaction bien excessive si l'on se réfère à

---

(1) Eburné : qui a la couleur, la consistance de l'ivoire.

la précarité des choses, dis-je. Le cul a ses abandons,
le cœur a ses faiblesses.

— Il s'en faut d'un pied que ce ne soit un alexandrin,
remarque distraitement le mari infortuné (et violent) de
Maryse, fin lettré pourrait-on en conclure. Oui, je sais
que ma réaction manque de style. On ne tue plus,
aujourd'hui, pour une coucherie.

— D'autant, l'accablé-je, que les termes dont se
servait votre femme pour écrire à ce Lucien n'avaient
rien de très sentimental. Le style restait au niveau du
bas-ventre. Jamais Juliette n'aurait appelé Roméo son
« ogre bouffeur de cul » ; peut-être Juliette Drouet se
serait-elle permis un tel laisser-aller avec Victor Hugo,
compte tenu de la vitalité du mec, mais j'en doute.
Louise Collet non plus n'aurait pas traité Flaubert de la
sorte.

Pris à la digression, Lainfame soupire :

— Pourtant, le bon Gustave, avec ses fortes moustaches et son style poil-de-culteur...

— Taratata, mon cher, l'auteur de *Salammbô* n'avait
rien d'un ogre hugolien, ni à table ni au lit et encore
moins devant la page blanche.

Cet échange de vues nous a amenés jusqu'à la rue de
Rennes que nous remontons d'un double pas tacite, moi
suivant le mari assassin avec une parfaite machinalité.

— Au fait, dis-je, pour quelle raison avez-vous fait
appel à moi, Lainfame ? Votre affaire est cruelle mais
relativement banale : crime passionnel. Cocu, vous tuez
l'infidèle. Ça ne donnera pas quatre lignes dans les
journaux de demain et un avocat bègue obtiendrait
votre acquittement aux assises, même en traitant les
jurés de sales cons. En quoi puis-je vous être utile ?

Il glisse sa main meurtrière sur mon bras séculier, un
peu trop familièrement à mon goût, aussi me dégagé-je
avec un maximum de discrétion et un minimum de
mouvements.

— Commissaire, je viens d'être nommé président-directeur général de la Kou Kou Clock Bank, justement nationalisée. J'ai quarante-deux ans, des projets et des perspectives valables pour les réaliser, je trouve dommage de sacrifier ma carrière à une pétasse morte. L'idée m'est venue que je n'avais pas tué Maryse. Et comment l'aurais-je supprimée, la pauvre chérie, puisqu'elle est décédée depuis une heure et que ça en fait deux que nous sommes ensemble ?

Bon. Dans ces cas-là, tu conserves ton sang-froid et tu prends bien les clous, quand le feu est au vert, pour traverser la rue.

Intéressant, ce Michel Lainfame. Une personnalité !

— Ne venez-vous pas de m'appeler commissaire ? soupiré-je.

— N'est-ce pas là votre grade ?

— Précisément, j'ai peut-être vécu jusqu'à ce jour sur un malentendu, mais je croyais qu'il excluait la possibilité de toutes propositions douteuses, du moins de la part d'un honnête homme. Certains malfrats pleins d'audace et de crédulité tentent bien sûr de nous acheter, mais comme nous ne sommes pas à vendre, nous leur faisons payer cher leurs propositions.

Lainfame opine.

— Je sais que la police est honnête, commissaire, à de rares exceptions près. Heureusement pour le pays, car la corruption de fonctionnaire constitue le pire des chancres. Aussi je ne vous propose rien. Nous allons seulement chez moi pour y prendre un pot. Et nous y découvrirons le cadavre raidissant de la belle Maryse. Personne ne m'a vu sortir tout à l'heure, car j'ai eu la présence d'esprit de prendre l'issue donnant sur une impasse.

Je ralentis en passant devant un magasin de prêt-à-ôter féminin ; il y a en vitrines des mannequins de plastique fumé tellement suggestifs qu'ils feraient goder un arc-en-ciel.

— Vous savez que je ne pige toujours pas, fais-je à mon compagnon. Votre cas était tellement simple ! Et vous le compliquez à plaisir. Tuer sa femme infidèle relevait de la mauvaise humeur, mais tenter de corrompre un officier de police en exigeant de lui un faux témoignage, voilà qui est moins sympathique ; le jury le prendra mal. Les Français sont très exigeants avec leurs flics, par contre, ils ne tolèrent pas qu'on essaie de les soudoyer.

En guise de réponse, Lainfame me tend un feuillet à en-tête de l'Hermitage. Il s'agit d'une photocopie. Quelques lignes y sont tracées :

Merveilleuse Maryse dont pas un pouce de peau n'a échappé à mes investigations.

Impossible ce soir, car je dois faire un voyage éclair à Paris. Mais je serai de retour demain, en fin de journée, et nous mettrons les bouchées quadruples.

Je vous... ou plutôt, je te...
Antoine

— Si j'ose dire, ce poulet est de vous, n'est-ce pas ? demande Michel Lainfame.

Je le lui rends.

— En effet. Et dès lors que vous en avez connaissance, permettez-moi de vous féliciter, vieux : votre femme faisait admirablement l'amour. Sans frénésie excessive, mais avec un bel élan généreux.

— Oui, j'ai su, cela, en son temps, admet-il d'un ton noyé de mélancolie.

Je pose ma main loyale sur son épaule tordue.

— Vous ne pensez pas que je vais vous confectionner un alibi à cause de cette babille ?

— Il y en a une autre : votre carte, qui fut jointe à un envoi de fleurs.

— Quand bien même il y en aurait seize mille huit

cent cinquante, aussi enflammées que celles de Napoléon à Joséphine, vous n'obtiendriez rien de moi. Ces documents ne peuvent vous servir qu'à une chose : prouver que vous étiez cornard depuis au moins quatre ans. Ne les gâchez pas en essayant d'en faire des instruments de menaces. Là-dessus, notre conversation a suffisamment duré : suivez-moi, je vous arrête, pour meurtre et tentative de corruption.

Lainfame toussote dans le creux de sa main.

— Nous sommes devant chez moi, commissaire, venez au moins voir le corps avant de m'arrêter pour meurtre, c'est la moindre des choses.

J'hésite et je le suis.

On ne se refait pas.

Il crèche au rez-de-chaussée d'un bel immeuble en pierre de taille, et de forte taille.

Paillasson monogrammé, porte à doubles battants, cintrée, flambeaux de cuivre de part et d'autre, heurtoir ouvragé, silence onctueux comme celui que tu trouves au sein d'un bol de cacao ; bref : the classe.

Michel Lainfame délourde et s'efface civilement pour me laisser pénétrer. L'entrée est vaste, bourgeoise, avec ce qu'il convient de sous-Wlaminck et de meubles Louis-Merde pour faire cossu ; sans causer des tapis épais, crémeux, laineux, que tu crois entendre bêler quand tu t'hasardes dessus avec tes gros souliers.

Pile en face de l'entrée, la double lourde à verres biseautés du grand salon. Et puis un couloir de droite conduisant à l'office, et un couloir de gauche menant aux chambres. Pas moyen de se gourer, tous les appartements d'un certain niveau (je te parle pas de l'étage, non plus que de laitage) sont résolument identiques de manière à ce que les nantis puissent déménager sans se sentir désappartementés (un écrivain moins scrupuleux que moi écrirait « dépaysés », mais chacun fait avec ses moyens.)

Lainfame pousse une porte joliment peinturlurée en gris perle et dorée que tu ne peux pas savoir le comment c'est élégant, surtout avec la poignée de chez Bricard. Je découvre une vaste chambre dont la grande fenêtre donne sur un jardin maigrichon, où végètent deux marronniers décatis et où une statue de Diane chiasseresse s'emmerde sous son fond de teint verdâtre.

Dans la chambre, allongée sur le tapis, un bras replié, un autre à l'équerre, les jambes en « y » renversé, une ravissante femme brune, extrêmement décédée d'un poignard enfoncé dans la poitrine, pile à l'emplacement du palpitant.

Du sang a coulé de la blessure, pas trop, suffisamment pour rendre violine son chemisier initialement rose.

Lainfame se cabre, puis il se tourne vers moi. Il biche le revers (à tout jamais vierge) de mon veston comme l'alpiniste qui dévisse tente de se cramponner à un edelweiss. Le voici qui chancelle, ses genoux fléchissent. Il tombe curieusement sur la cuisse gauche, même qu'il a dû se faire très mal car il grimace. Sans doute est-ce la douleur physique qui le sauve de l'évanouissement. Sa frite est presque verte, d'un vert de champignon vénéneux. Ses yeux se creusent.

Tu crois que j'amorce un geste pour l'aider à se relever ? Tiens, smoke ! Il ne m'apitoie pas, ce vilain. Je déteste les sales combinards de son espèce. Tout individu s'étant rendu coupable de chantage est pour moi biffé de l'espèce humaine ; devient un cancrelat pustuleux, une vomissure inepte.

— Excusez-moi, lui dis-je, mais cette morte n'est pas votre femme ?

Il secoue la tronche négativement.

— Pourquoi m'avoir menti ?

Il parvient à bavocher :

— Je ne vous ai pas menti, commissaire. Tout à l'heure, c'était mon épouse qui se trouvait là.

Bon : surtout ne pas perdre les pédales comme dit Chazot. Conserver la tête froide, n'importe les circonstances.

— Ecoutez, Lainfame, j'ai connu un type qui était collectionneur de sorbets. Il possédait la plus belle collection du monde. Tant qu'il a habité le Groenland, tout a bien été, mais ça s'est gâté le jour où il s'est installé en Côte-d'Ivoire. Il m'aurait demandé conseil avant, je lui aurais donné mon sentiment sur la question. Pour vous, c'est du kif, mon pote. Vous me chambrez comme quoi vous avez trucidé votre gerce, je viens m'incliner sur sa dépouille, et nous découvrons une autre dame à sa place. Alors, de deux choses lune (comme dirait Armstrong, le cosmonaute), ou bien vous êtes fou à lier, voire même à relier, ou bien vous me prenez tellement pour un con qu'au lieu de mes Davidoff je vais fumer des tampons périodiques. Dans les deux cas vous jouez perdant car la tradition veut qu'on enferme et les fous et les malins qui prennent les flics pour des cons. Réponse ?

Il se relève en boitillant, s'approche du cadavre.

— Aline, balbutie-t-il. O Aline !

Il éclate en sanglots longs comme les violons de l'automne qui bercent mon cœur d'une langueur monotone.

— Ah ! bon, de qui s'agit-il ? lui demandé-je.

— Ma maîtresse, Aline Sambois.

Je visionne la défunte. Sa frime ne me dit rien. Une fille pas mal, baisable certes, mais sans grand caractère.

Je décide de m'asseoir et choisis pour ce faire un fauteuil crapaud.

La scène est plutôt incohérente. J'en suis où-est-ce ? comme dirait un présentateur de radio éminent qui parle dans son micro, mais pas en bon français. Hmm ?

J'en suis où est-il ? insisterait le même. Tu ne sais pas non plus ? La scène est démentielle, grotesque, inflationniste et à double révolution. Il joue à quoi, avec sa pseudo-maîtresse morte, Lainfame ? Il espère quoi ? Non, franchement, je le regarde se lamenter et j'entrave que fifre. Tout ce roman-photo pour en arriver où ? Tu crois que sa courroie de ventilo l'a lâché, toi ?

L'étrange, c'est que sa stupeur et son chagrin n'ont pas l'air feints (et moi je n'ai pas l'air fin).

— Je ne comprends pas, je ne comprends pas, je vous jure que je ne comprends pas ! m'écrie-t-il brusquement. Maryse était là, je lui avais tiré dessus.

— Où est le pistolet ?

— Il était...

Il cherche autour de lui :

— Je l'ai jeté sur le tapis...

— Et il a disparu.

Je renifle.

— D'autre part, ça ne sent pas la poudre, dans cette pièce, de riz, à la rigueur, mais à canon, pas du tout. Or c'est un parfum tenace.

— Cependant je vous jure.

— Rengainez, vieux, les serments d'un maître chanteur, je m'asseois dessus !

Je biche le téléphone moderne, et tapote un numéro sur le cadran carré à touches.

— Le juge d'instruction va avoir l'impression de faire les Jeux de l'été du *Point* ou de *L'Express,* murmuré-je, ça le changera de la morosité habituelle.

INTRODUCTION

— Ici Georges Roupille, greffier, monsieur le commissaire. Le juge Favret aimerait vous entendre à propos de l'affaire Lainfame qu'il est chargé d'instruire. Une convocation pour demain en fin de matinée vous conviendrait-elle ?

La voix est urbaine, et même suburbaine, posée, latente, avec un poil d'hypocrisie et les muqueuses encombrées par un reliquat de rhume tenace.

— A votre convenance.

— Disons onze heures ?

ET LE LENDEMAIN...

Le planton ressemble à Bombard.

D'ailleurs, je vais écrire sa fonction « plancton » pour renforcer le fait. Faut jamais craindre. En faire trop, c'est encore rester loin du compte. Jadis, on pouvait nuancer. Mais Stendhal, c'est fini, je regrette. Intéresser, faut plus y compter : montrer, à l'extrême rigueur, à condition que ça soit gros, écrit au balai-brosse, avec du sang ou du goudron.

Ils y viennent.

Y sont venus.

Au début, je passais pour un auteur mal embouché ; ils enfilaient des bottes d'égoutier pour me lire. Et puis dis, t'as vu, le Sana joli, le comment t'est-ce ils lui ont tous emboîté la plume ? Dans la pube, et même la vraie littérature capitonnée, avec injection ?

Qu'à présent, merde, faut trouver encore mieux. Le turbo littéraire, je crois. Je cherche dans mon atelier, la nuit, pendant que tout le monde dort. Sitôt que j'ai fini de baiser : poum ! au banc d'essai ! Ça vient. C'est pas encore au point pour tout de bon. Y a encore des conneries qui grippent. Des incidences qui passent mal. Vingt-six lettres, faut s'en contenter. Mais je sens la gagne, mon drôle. J'en veux, alors j'en aurai ! Quand tu veux vraiment, t'as. Après ça je crèverai, promis. M'en irai aux pissenlits, discrétos, derrière l'église de Bonnefontaine, tout contre, près de la fausse grotte. Les hivers y sont longs comme la connerie humaine, mais j'aime bien la neige : elle tient chaud aux morts. Me souviens, quand j'étais mort, le combien elle m'adoucissait la désertance, la neige. On aime bien envisager l'après-soi-même, c'est un truc pour s'y maintenir en douce ; le vivre à l'avance, c'est l'assurance illusoire d'en faire un peu partie après.

Le plancton me salue d'un coup de paluche au kibour.

Je toque. Entrez !

Dans le vaste bureau je suis frappé par une abondance de fleurs. Et puis par des reproductions de toiles modernes sur les murs. Ces éléments joyeux combattent la morosité administrative. Le fin du fin restant le juge. Le juge Favret se prénomme Hélène. Il a presque trente-cinq piges, une poitrine dont chacun des deux éléments pourrait servir de pilon pour écraser du manioc à un maniaque, il est blonde comme les blés,

avec un visage sérieux et sorceleur sous ses taches de
rousseur. Le rouge à lèvres est un peu trop pâle, il
faudra que je lui dise avec ménagement quand on se
connaîtra mieux. Car, d'entrée de commissaire, je suis
disposé à revoir ce magistrat urbi et orbi.

Je m'avance pour saisir la main tendue par-dessus le
bureau.

— Ravie de vous accueillir, monsieur le commissaire.
Je vous présente Georges Roupille, mon greffier.

Une ganache en partance s'empresse pour me dex-
trer. Un pas beau, ce qui est préférable pour servir de
porte-coton à une frangine aussi fabule que le juge
Favret. Il ressemble à une affiche d'avant-guerre
menant campagne contre la tuberculose et il est fringué
dans les gris-râpés-luisant-aux-coudes.

Le juge possède une voix qui te met un aimable
pétillement sous les testicules, comme si l'on t'y plaçait
un verre où se dissolvent vingt comprimés effervescents.

Il a les yeux noisette, le juge Favret, si bien que, dans
mon calbute ça s'organise pour jouer au petit écureuil
farceur.

— Asseyez-vous, monsieur le commissaire.

Elle dit avec quelque emphase, comme si mon grade
l'impressionnait un peu. Je l'imagine, fifille ultra-
sérieuse, vivant encore chez ses parents, et sortant le
vieux chien corniaud, le soir dans la rue, le long des
poubelles.

— J'ai lu votre rapport sur l'affaire Lainfame, monsieur le commissaire, les déclarations de l'inculpé sont
en tout point conformes aux termes de celui-ci, ce qui
met un comble à ma perplexité. Cet homme jure ses
grands dieux qu'il a tué son épouse au cours d'une crise
de jalousie. Effrayé ensuite pour sa situation, il a tenté
de vous corrompre pour se forger un alibi, mais lorsque
vous êtes allés chez lui, c'était sa maîtresse qui —

inexplicablement, selon ses dires — gisait dans la chambre. J'avoue que je donne ma langue au chat.

— Miaou ! fais-je.

C'est culotté, non ? Si Mme le juge est bégueule, elle va rebuffer vilain, en pleine déposition, lui gaudrioler le document de la sorte ! Mais elle se contente de réprimer un sourire. D'ailleurs, son père Laganache n'a pas réagi.

— Croyez-vous que Lainfame ait réellement tué sa femme, monsieur le commissaire ?

— Ecoutez, dis-je, ne pourrions-nous conclure un pacte, tous les trois ? Vous m'appelez Antoine et votre aimable greffier écrit M. le commissaire sur ses parchemins ; je ne me fais appeler M. le commissaire que par les malfrats, histoire de leur faire écouter la différence, sinon je suis un garçon d'une simplicité monacale.

Nouveau sourire réprimé.

— Je n'ai pas pour habitude d'appeler les témoins que j'auditionne par leur prénom, non plus que les hommes que je ne connais pas, fait le juge. Permettez-moi de revenir à ma question : Lainfame, selon vous, a-t-il pu tuer sa femme ?

— Pourquoi pas ? Mais dans l'affirmative, il ne l'a pas fait chez lui, car lorsque je me suis présenté à son domicile, cela ne sentait pas la poudre.

— Le service du laboratoire affirme la même chose et n'y a découvert aucune autre trace de sang que celui d'Alice Sambois.

— Je suppose que vous avez lancé un avis de recherches pour retrouver Maryse Lainfame ?

— Naturellement. Jusque-là il est négatif. Personne ne l'a aperçue dans l'immeuble le jour du meurtre.

— Puis-je vous dire quelque chose, hors antenne ? fais-je en montrant le greffier.

Le juge lève la main pour intimer à son mironton de ne pas transcrire.

— Je vous en prie.

— Je me suis dessaisi trop précipitamment de l'affaire, j'aurais dû enquêter à chaud, avant de prévenir mes supérieurs.

— Ça n'aurait pas été légal, objecte le juge Favret.

— Je suis réputé pour agir à la diable, madame le juge, et aussi pour obtenir des résultats.

— Alors pourquoi avez-vous changé vos habitudes ?

— Par probité ; parce que dans cette histoire, je me suis senti davantage témoin qu'enquêteur. Lainfame a essayé de me faire chanter, alléguant que son épouse avait eu des bontés pour moi, ce qui est vrai.

Elle acquiesce, me vote un regard complimenteur qui me touche, reprend toute sa rigidité de juge d'instruction et demande :

— Puisque vous l'avez connue, donnez-moi votre sentiment sur Mme Lainfame.

Son « puisque vous l'avez connue » est sorti sans fioritures ni intention voilée, pas la moindre ironie non plus.

— Je l'ai connue au cours de vacances à La Baule, elle partageait mon hôtel et, s'ennuyant, a partagé également mon lit, si je puis me permettre. C'était une personne agréable, belle et enjouée, pas une femme légère malgré le peu d'opposition qu'elle a faite à mes avances.

— Votre liaison a duré longtemps ?

Je me sens gêné de parler de cela avec cette ravissante juge. Son sérieux administratif n'ôte rien à ses qualités de jolie fille. Je lui trouve un je ne sais quoi d'émouvant. Je devine, au fond de son être, une espèce de vague détresse cachée. Et puis, tout à coup, j'avise une alliance à sa main gauche. Elle ne vit donc pas chez ses vieux et ne promène pas Médor en robe de chambre, le soir avant d'aller se zoner.

— Liaison est un bien grand mot, réponds-je. Je lui préfère, celui, plus passe-partout, d'aventure. Une aventure de vacances, du genre de celles qui se nouent entre un homme seul et une femme seule sur un bateau, au cours d'une croisière. Après son séjour à l'*Hermitage,* elle partait pour les Etats-Unis avec son bonhomme. On s'est promis de se téléphoner quand elle reviendrait, et puis on s'est oubliés. Le temps est un filtre sûr. N'est solide que ce qui lui résiste.

Elle est devenue embrumée, tout soudain, la chérie. Une tristesse vient de la cueillir à froid. Elle respire un coup plus large que les autres et enchaîne :

— Je comprends mal la démarche de Michel Lainfame. Ce qu'il déclare est si peu crédible... Pourquoi prétendre qu'il a tué sa femme et feindre la stupeur en trouvant le cadavre de sa maîtresse ? C'est d'une incohérence ! Cependant, il paraît sain d'esprit, une première expertise médicale est d'ailleurs formelle sur ce point.

Je me lève pour aller jusqu'à la fenêtre soulever un coin du rideau.

De dos, je déclare, très actor studio :

— Puis-je me permettre de vous donner un bon conseil, madame le juge ? Un conseil basé sur l'expérience.

— Dites toujours.

— Quand un homme réputé sain d'esprit raconte des choses aussi abracadabrantes, il faut essayer de le croire. Il y a une chance sur deux pour que ce soit vrai.

— Mais vous dites vous-même qu'on n'a pas tiré un seul coup de feu dans l'appartement.

— Peut-être triche-t-il sur un point : le lieu où a été abattue sa femme, mais supposons qu'il ne mente pas pour le reste ? J'étais là lorsqu'il a vu le corps d'Aline Sambois, sa stupeur, son effondrement m'ont semblé réels. Il paraissait vraiment abasourdi.

— Très bien, je vous remercie, monsieur le commissaire. Je vous reconvoquerai sans doute ultérieurement.

Elle me congédie brusquement, pis que si je lui avais envoyé la main au réchaud. Quelle mouche la pique ?

Son ravissant visage paraît buté, presque hostile. Qu'ai-je donc dit qui la fasse réagir ainsi ?

Je m'arrête devant son grand bureau. Comme elle semble minuscule, derrière ce machin ministre surchargé de dossiers ! Bureau ministre, bureau sinistre. J'attends qu'elle me tende la main. Elle semble ne pas y penser.

— Je vous remercie, répète-t-elle, plus durement.

Je m'incline :

— Mes hommages, madame. Salut, monsieur Roupille !

Et je sors, avec une espèce de fêlure légère à l'âme.

Le plancton qui ressemble à Bombard, l'ancien ministre éclair du gouvernement spécimen de la Sixième République, fait les cent mille pas dans le long couloir qui pue la mélancolie mal cirée.

Il me resalue.

— Dites donc, lui fais-je, elle est jolie, le juge.

— Jolie mais pas marrante, rectifie l'agent.

— Le genre peau de vache ?

— Non : triste. Faut dire qu'elle est veuve de fraîche date : son bonhomme s'est viandé en bagnole, y a six mois.

— Je comprends. Elle a des gosses ?

— Je crois pas.

Il ajoute, avec une vague nostalge dans l'inflexion :

— C'est con d'être veuve avec un cul pareil ! Vous l'avez vue debout ?

— Non.

— C'est debout qu'il faut la voir ; sans son cul, elle est manchote.

Cette forte déclaration du plancton me trotte dans l'esprit quand, à vingt et une heures douze très exactement, je compose le numéro privé de la jugette, trouvé par miracle dans le cher annuaire de Paris, ouvrage considérable s'il en fut, où tant et tant de destins s'y trouvent rangés, comme sardines en boîte, par ordre alphabétique.

Le biniou sonne deux fois avant qu'on décroche ; la voix d'Hélène Favret me mélodise les trompes d'Eustache d'un « J'écoute » qui ferait bander un escargot.

— Pardon de vous importuner, madame le juge, ici San-Antonio ; figurez-vous que je ne cesse de penser à cette affaire Lainfame et j'aimerais que nous en reparlions le plus vite possible.

Ma terlocutrice paraît réfléchir et propose :

— Voulez-vous demain, à seize heures ?

— Dans votre grand bureau solennel, et en présence du père Lagrinche ! Je me trouve dans votre quartier, voulez-vous que je fasse un crochet par chez vous ?

Bel ange, va ! Elle me voit radiner avec mes croquenots à clous, la jolie veuvasse. N'est pas dupe de ma roue de secours, qu'est-ce que je raconte : de ma ruse de Sioux.

— Je regrette, monsieur le commissaire, je n'ai pas pour habitude de recevoir à mon domicile les témoins des affaires que j'instruis ; d'ailleurs il est tard.

Elle a raccroché. Le bel oiseau d'or de sa voix s'est envolé, comme l'écrit superbement M. Maurice Schumann dans son livre.

Je me sens triste, mais triste à gerber. C'est con une cabine de bistrot quand la dame qui t'hante vient de t'expédier chez Plumeau. Tous ces bottins empilés, ces numéros écrits à la va-vite sur la cloison d'insonorisation, et ces beaux dessins de bites et de chattes avec du poil autour qui semblent te faire de l'œil.

Bité, c'est bien l'Antonio, madame. Sa déconvenue lui ronge tout l'hémisphère Sud. J'ai l'Australie qui dégode, la Nouvelle-Zélande qui me gratte, Nouméa comme un furoncle !

Bon Dieu, cette sœur, il me la faut ! J'ai décidé la chose en passant le seuil de son burlingue. Je mettrai le temps et l'énergie qu'il faudra, mais elle sera à moi, et nous serons très heureux, au soir avec ma chandelle dans son merveilleux éteignoir.

Pour le moment, toujours est-il que ça s'engage assez mal. Elle doit me juger bellâtre, le juge, fringant cavaleur, tombeur de nanas tout-terrain. Tu parles : le gus Lainfame qui a tenté de me faire chanter parce que j'ai carambolé sa bergère, c'est pas une bonne carte de visite pour horizontaler une frangine à principes, veuve éplorée de surcroît. Six mois que son julot s'est emporté au paradis, c'est mince comme délai de réadaptation à la vie plumardière. Mes lecteurs et trices vont me juger cynique si je dis qu'il faudrait au moins le double. Sana, le je-crois-en-rien, le nihiliste, qui ne donne pas sa chance à l'éternité, la dénie, en fait fi, lui passe outre, matérialiste de bas étage, petit goret lubrique, forniqueur invétéré, belle queue haleine fraîche, polisson à disposition, calceur de service, puant personnage, somme toute ! Dégueulasse zigoto, à radier, omettre, dénier, oublier.

La tristesse d'Olympio pour le moment, ce maudit. San-A. l'âme en peine.

Je me traîne au rade pour un double n'importe quoi. Le serveur, un gentil Rital calamistré, me suggère un truc de sa composition qu'il a pas souvent l'occase de fourguer dans ce quartier, son breuvage arsénieux et détonant lui a valu le premier prix de cocktail à l'examen des barmen de San Remo. C'est à dominante verte, c'est fort et doux, ça possède un goût plutôt pharmaceutique et ça réveillerait un sénateur pendant le débat sur les nationalisations. J'avale sans broncher, le

complimente, lui supplie de me verser une vodka en
catastrophe pour effacer l'impression.

Hélène Favret, juge !

Elle crèche à deux pas : rue Meissonier. Je vais
draguer devant son immeuble. La rue est déserte.

Ah ! belle tristesse de l'amour qui naît et qui tour-
mente. Je lève les yeux vers le n° 33, là qu'elle crèche. A
quel étage ? Ma poitrine se gonfle, ma zézette de même.
Toutes voiles dehors, ton pote Antonio, chérie ! Cœur
et queue épanouis, marchant de pair, marchand de
paires ! Mal embouché, le personnage. Je vois des
lecteurs et trices qui m'écrivent : « On aime, mais
pourquoi ces gros mots ? D'où vient cette marotte de la
grossièreté systématique ? Vous seriez si tant tellement
plus gouleyant, fruité, moelleux à cœur, en nous épar-
gnant ce tombereau de bites et d'insanités. Ça vous
apporte quoi t'est-ce, cette vilaine habitude ? Vous
voulez prouver quoi donc en émaillant si vilainement un
texte incomparable au demeurant ? » Moi, je lis. Je
réfléchis. Je me dis que oui, oui, promis, je te vas
m'amender, écrire châtié des choses quasiment cadémi-
ques, fignolées dans la délicatesse estrème ; bien me
retenir, m'abstenir, me refréner à bloc, plus rien laisser
filtrer de ma mal embouchure ; je vais faire salon dans
mes livres, m'y montrer courtois et bien élevé comme
dans la vie où je suis si prépondérant, empressé, tout
bien : sortable, quoi ! Qu'au point en est, tout le monde
veut me sortir, justement : des rois, des ministres, des
gagadémiciens, des barons, des richards, des édiles, des
étoiles, des escrocs, tout le gotha ; que je suis contraint
de me cramponner ferme au bastingage pour pas céder,
trouver n'importe quel prétexte, je suis pris, je suis
parti, je suis mort, impossible d'accepter l'invitation,
une autre fois, plus tard, dans une vie postérieure ! Mais
ils reviennent à la charge, les héroïques, M. et Mme
Ducon prient l'Antonio de ses deux de bien vouloir leur

faire l'honneur de … Pas l'honneur, non, non : le bras d'honneur seulement. Ça oui, je peux me permettre. Zob ! Fume ! Au fion, ta soirée, Votre Excellence ! T'as vu une bibite commak, déjà ? Vise un peu à travers mon futiau comme elle se voluminise bien, admirable. Ta soirée, je me la mets ici, monseigneur. Envoie-moi mille balles, j'irai bouffer chez *Lasserre,* ou à l'*Auberge d'Armaillé,* à la *Barrière Poquelin,* peu importe, mais avec qui je veux, avec qui j'aime, avec qui je décide. Les gros mots, puisqu'on en cause, je vais te faire un navet, pardon : un aveu. Les gros mots, c'est une façon de se protéger, le fossé creusé entre moi et les autres. Si tu m'aimes, accepte-les. Fais ami-aminche avec eux. Loup de velours, tu comprends ? Allez, dis que tu comprends et répète avec moi : poil de bite, pine en l'air, bouffe-merde, enculé de sa sœur, etc… N'aie pas peur : un jour je deviendrai maigre et poli, parce que mort et silencieux. Pour l'instant, je vis. Je vis de toutes mes forces parmi les culs et les fleurs, les abeilles et les zobs, le foutre et l'aurore.

Et je caresse la façade du regard.

Pourquoi m'intéressé-je tellement au juge Favret ?

Bon, suppose que je la fourre une belle et bonne fois, bien complètement ; que je lui bricole un « complet » de classe ? Et après ? La redite. L'ennui naquit de l'uniforme ôté, ai-je déjà écrit dans mon ode au président Edgar Faure.

Seulement, à cet instant « après » n'existe pas. Je m'en torche. Et donc mon désir d'elle s'élève comme une fumée sur la mer calmée. J'ai au cœur la lagune de Venise dans l'aube du printemps.

Quine d'être vacant ! Ça fait une paie que je ne me suis pas senti en mal d'amour.

Je m'adosse à une porte qui ferait la joie d'un cocher puisqu'elle est cochère. Je soupire un grand coup, et encore un autre, plus profondément. Et si j'allais sonner

à cette porte ? Elle méconduirait, bien sûr. Et tout serait
à jamais dit ! Si veuve, si rigide, la chaste garce !

Amoureux d'un juge ! O Dieu, les tranches pleines !
A propos de Dieu, ne pourrait-Il pas intervenir un peu,
ce gentil ? Y a des moments où Il doit donner un coup de
pouce à Sa créature, le Créateur. Bien joli d'inventer
l'homme, seulement faut penser au service après-vente,
dites donc, Dieu ! Je croise en Vous, mais faites un
geste !

Et attends, faut que je vous fasse rire, que disent les
cons en banquetage avant d'en mal raconter une que
tout le monde sait. Attends, bougez pas, ça devient
farce. Ou peut-être prodige ? La raie alitée dépasse
l'affliction.

La porte de l'immeuble que je convoite s'ouvre,
paraît alors un énorme tas de poils en la personne d'un
saint-bernard pour repas de première communion. Il
tient en laisse une jeune femme en kimono noir, portant
par-dessus lequel (1) un léger manteau gris à col d'astra-
kan davantage plus gris. Et cette femme, oui, t'as gagné,
bravo, tu devines tout, t'es incollable, sauf à la sécotine ;
cette femme, Françaises, Français et chers camarades
syndiqués n'est autre — ou plutôt n'est pas autre
qu'Hélène Favret, juge.

Cet instant de quasi-médusance de l'Antonio ! Te
dire ! Je me pincemi et pincemoi sur un bateau d'où le
malheureux pincemi tombe à l'eau, sans savoir nager, ce
con !

Je la désespérais ! Or, elle m'apparaît !

Elle est là, derrière son bestiau. Tu peux te permettre
d'être veuve, de guerre ou de naguère, en compagnie

_____

(1) Ne rectifiez pas, amis correcteurs, c'est moi dont je veux
employer cette maltournure de phrase, histoire de me biscorner les
méninges.

San-A.

d'un monument pareil ! De quoi te remplir une 2 CV !
Cette connerie de traîner soixante-dix kilos de clébard
quand t'as des caniches nains qui pèsent trois kilogrammes et sont plus affectueux, frisés de surcroît !

Je prends mon flacon d'Eau écarlate et je me détache
de l'ombre.

Le juge m'aperçoit. Elle devient moins belle l'espace
d'une seconde deux dixièmes sous le Saint-Empire
romain germanique de la colère.

Dans la lumière blanchâtre de l'éclairage municipal,
son visage métamorphe. Les yeux, soudain, tu dirais
deux poinçons acérés, comme l'écrivait Adolf Hitler
dans ses Mémoires de Guerre.

— Je trouve votre attitude inqualifiable ! s'exclame-
t-elle, le juge.

— En la réputant inqualifiable, vous la qualifiez, dis-
je, juste manière de causer, pas laisser se refroidir la
situasse. Pouvais-je prévoir que vous promèneriez cet
animal hydrocéphale, madame ? Voire seulement que
vous en possédiez un ? Et pourtant si : je mens. En
entrant dans votre cabinet, tantôt, j'ai eu le sentiment
que vous habitiez chez vos parents et que vous sortiez un
chien avant de vous mettre au lit ; toutefois, je ne
l'imaginais pas si gros.

J'attends, elle se calme. Je me veux si désarmant que
je le deviens. Maintien modeste, je penaude en conservant toutefois le regard hardi de la sincérité.

Etre juste, c'est toujours très coton. Juste de ton,
d'yeux, d'expression. Juste de silence.

Le monstrueux toutou renifle le bas de la façade et
lève un de ses jambons pour la lancequine du soir.

— Ecoutez, juge, je sais que vous êtes veuve, que
c'est récent et que votre chagrin est immense. Je ne
cherche pas à vous en détourner, je renonce à vous
séduire malgré cet élan qui me porte vers vous irrésisti-
blement. Vous avez ma parole d'homme et d'officier de

police que je ne prononcerai jamais un mot, je ne dis
pas déplacé, ce qui va de soi, mais pouvant laisser
transparaître mes sentiments aussi fous que spontanés,
je le sais trop bien. Je ne vous demande qu'une chose,
mais à genoux : permettez-moi de travailler sur cette
étonnante affaire avec vous. Plus exactement, d'y travailler pour vous. Qu'elle soit notre unique objet de
conversation. Je resterai dans l'ombre, enquêteur
occulte, rassemblant les pièces de ce puzzle qui vous
échoit, et que vous reconstituerez. Onc n'entendra
parler de moi. Vous serez Sherlock Holmes, je deviendrai Watson, votre butineur d'éléments.

— Vous n'avez donc rien à faire ? ironise-t-elle.

Ce qui est déjà mieux qu'une vilaine rebuffade.

— J'ai droit à au moins six ans de congés, réponds-je,
car chaque fois que je décide de partir en vacances,
une affaire me tombe dessus, qui m'amène à repous-
ser celles-ci à plus tard. Je vais dès demain me rendre
disponible et travailler sous vos ordres, madame le juge.
Au noir, comme Vendredi pour Robinson, obéissant
aveuglément. Serviteur muet, guerrier silencieux, main
de fer dans votre gant de velours. Allons, madame le
juge, par pitié, acceptez mon offre loyale autant qu'ardente. Dites un mot et mon âme sera guérie, j'aurai une
raison de vivre et nous ferons triompher la vérité.

Hélène Favret me considère longuement, comme
chez le volailler tu hésites entre plusieurs poulets de
Bresse.

— Monsieur le commissaire, murmure-t-elle, je vais
être franche avec vous ; je savais que vous étiez un
enquêteur habile, je n'ignorais pas que vous étiez un
coureur de jupons fieffé, mais je découvre avec une
certaine surprise que vous êtes également un con, et
j'ajouterai même, étant d'une nature peu complaisante,
un pauvre con. Là-dessus je vous prie instamment de ne

chercher à me revoir que sur convocation de ma part. Bonsoir.

Elle hèle son bestiau qui s'appelle Pataud, et que souhaiterais-tu d'autre pour ce monument de poils et de barbaque ? Le hale dans son immeuble. Me plantant là comme un pauvre con que je me sens, sinon être déjà, mais du moins devenir à la vitesse grand V.

Tu me connais vraiment ?

Moi, sous l'outrage, la honteuse flagellation, tu crois que je vais mettre le feu à la rue Meissonier, là qu'habite mon cher Avenier, en sus ! Pas si bête ! Attila connais pas ! Meissonier, peintre de batailles ! Dis, faut le faire : les chevaux cabrés, les officiers dressés sur leurs éperons, la fumée du canon, les morts piétinés, la campagne saccagée, le ciel lourd, le sang, tout le chenil, merde, c'est du travail. M'en garderais bien de bouter l'incendie en cette voie bourgeoise, brève et en diagonale.

Alors, quoi ?

Je te le dis ?

Je murmure en toisant la double porte à grosses moulures :

— Tu l'auras avant quinze jours dans le fion, le pauvre con, ma grande. C'est un homme qui te le dit, un vrai !

AVANT PROPOS

La voix grasseyante et angoissée de Berthe m'arrache des toiles.

— Santonio ? C'est moi, Berthy !

Elle éclate en sanglots qui manquent me fissurer les tympans comme un gravier dans un pare-brise.

— Eh bien, eh bien, Berthe, que vous arrive-t-il ? m'inquiété-je-t-il.

— Alexandre-Benoît est mourant, répond-elle catégoriquement.

Moi, quand je perds mon sang-froid, c'est pour le faire réchauffer au bain-marie.

— Qu'appelez-vous mourant, douce amie ? questionné-je sans appuyer sur la pédale forte.

— Il me fait quarante et un de fièvre, commissaire, et il délire. Le toubib dit qu'il faudrait l'hospitalier.

— Que diagnostique-t-il ?

— Un genre d'espèce de sorte de typhoïde, rapport qu'il aurait bu de l'eau polluée.

L'incrédulité me laisse un moment sans réaction. Et puis, le bon sens m'empare.

— Ecoutez, Berthe, ça ne tient pas debout : Béru n'a *jamais* bu d'eau !

— Eh bien si, commissaire, il en a bu, dans du

Ricard. Ils sont été à la pêche l'aut'jour, avec Pinaud, et y z'ont pris la flotte de l'étang pour mouiller leur pastis.

— Pinaud n'est pas contaminé, lui si fragile ?

— Pas encore, mais ça va viendre, bougez pas ; vous pensez, ce vieux branleur toujours enrhumé ! Mais il peut crever, c'est pas moi qui ira pleurer : me faire boire un étang à mon homme, je vous jure. Y a que cette vieille colique pour des idées pareilles ! Je vous appelle comme quoi ça serait gentil si vous viendriez voir mon gros loup ; y vous réclame dans ses moments de lucidérie.

— J'arrive, Berthe !

ET QUELQUES MINUTES PLUS TARD...

Il est rouge comme un conclave, le cher chéri. S'il n'avait déposé son dentier dans un verre de beaujolais (ça conserve une belle teinte aux fausses gencives, prétend-il), il claquerait des dents. Son grand corps athlétique de surgoret suralimenté frémit comme les mains d'un adepte de Parkinson utilisant un pic pneumatique. Il a les boules phosphorescentes, et qui proéminent comme chez les Martiens (tels qu'on les représente dans les dessins moristiques). Il a enfilé deux gros pulls, dont l'un à col roulé, par-dessus son tricot de corps.

— Eh bien ! la Grosse ! lui dis-je en m'approchant.

Ses oreilles remuent à la voix de son maître. Messire Pâté-Maconnerie est en état de réceptivité.

— C'est pas Byzance, dis donc, l'Artiste, va falloir te payer un viron à l'hosto !

Ses lèvres, appétissantes comme des mégots de cigares dans une pissotières, remuent, deux syllabes en sourdent :

— Mes couilles !

— Le toubib a dit...

— Je l'encule !

— S'il est consentant, moi j'ai rien contre, plaisanté-je ; toujours est-il que la carburation se fait mal pour ta pomme, Gros.

Il demeure inerte, comme s'il ne m'avait pas entendu. Et puis il produit un nouvel effort.

— C'est d'la faute à Pinuche...

— Oui, je sais : il t'a fait boire l'eau de l'étang ?

— Moi, je bois toujours le Ricard sans eau, av'c un glaçon, juste pour dire... Mais y f'sait chaud...

Des éclats de voix nous parviennent, troublant notre angoissante intimité. Il s'agit de Pinaud, justement. Le vieil incriminé est venu aux nouvelles et la Baleine le prend à partie (inégale) :

— Vous v'nez voir vot'œuvre, bougre de vieux nœud ! Ah ! vous m'l'avez mis beau, mon Alexandre-Benoît ! Lui faire boire un marécage ! Faut vraiment être à court d'conneries !

L'Emmitouflé crachote sa défense par petites quintes.

— Mais, chère Berthe, c'était l'eau d'une source qui se jetait dans l'étang !

— Vous m'en faites une belle de source, 'spèce de cancrelat, mouchez-vous au lieu de débloquer, pantoufle ! Quand c'est que mon homme sera canné, c'est vous p't'être qui m'donnera de l'amour, passionnée comme je suis ? Dites, le père, ça fait combien est-ce de temps qu'vous l'avez pas dégagé de l'antimite, votre vieux bitougnot tout en peau d'zob ? Il est beau, votre Bérurier, à c't'heure ! Qu'on se demande s'il passera seulement la journée, un homme de sa vigourance ! Venez me le voir, bougre de fripe ! Venez me le regarder de près, mon jules !

D'un coup de battoir, elle propulse la Vieillasse au milieu de la chambre. César est un tantisoit rassuré par ma présence. Il me salue machinalement, s'approche du lit et s'incline comme un chef d'Etat en visite sur le tombeau du soldat inconnu.

— Gargarisez-vous bien les yeux, Pinaud ! C'est vot'travail, ça ! Soilliez fier, 'spèce de pendeloque ! Un homme qu'il aurait fallu j'sais pas quoi pour qu'il ait seulement besoin d'un cachet d'aspirine. Bâti à Dachau et aux Sables d'Olonne !

« Regardez bien l'état dont vous l'avez mis, regardez mieux, miraud comme vous êtes ! Et ça se disait son ami indéflexible ! Me rendre veuve avec de l'eau accroupie ; tenez, j'sais pas de quoi vous êtes passible, mais vous l'êtes ! »

Emporté par le désespoir, Pinaud se voile la face et s'écroule en chialant dans un fauteuil qui pourrait être Louis XIV par ses dimensions s'il n'avait été exécuté par le beau-frère de Bérurier, ébéniste de grand talent.

L'organe du Mastar retentit à nouveau :

— Berthy, fais-le pas chier ! C'est pas d'sa faute si y aurait eu des microbes dans c'te flotte.

— Pas de sa faute ! barrit la Tour-de-Nesles ! Mais lui-même personnellement est un microbe ambulant, Pinaud ! Y a qu'à le voir. Ce vieux, ça fait vingt piges qu'il moribonde à vos nez et barbes sans que vous y trouveriez à redire, bon Dieu ! J'sus sûre qu'avec une seule de ses éternuances, vous foutriez le choléra à toute l'Afrique. Vous allez pas me dire qu'il n'est pas tubar, une gueule pareille ! On lu ferait une cuti, y ressemblerait à un crapaud !

La situation s'envenimant, l'air confiné de la chambre devenant irrespirable, je décide une intervention énergique.

— Berthe, au lieu de houspiller injustement Pinuche,

vous feriez mieux d'appeler une ambulance ! conseillé-
je.

La voix de Béru, rauque mais déterminée, éclate en
coup de clairon :

— Vot'ambulance, carrez-vous-la dans le baba !

— Que tu le veuilles ou non, on va te soigner,
Alexandre-Benoît !

— J'demande qu'on me cassasse pas les roustons,
mec ! répond le malade d'un ton plus assuré. Si au lieu
d'nous loufer une pendule, la mère Tatezy voudrait
s'lement me préparer un bol de vin chaud sucré, av'c de
la canelle, vous verreriez vot'thermomètre comme
j'm'assoyerais dessus ! Bon, c'est pas le tout, on est là
qu'on cause, qu'on plaisante, mais j'ai des choses à te
dire, mon drôle. Auparavant, faut qu'c'te grosse
fumière va me faire mon vin chaud, manière de rétablir
ma circulance sanguignolente. Si tu croives que chez
nous, les Bérurier, ma mère nous drivait à l'hosto pour
une typhoïde ou une pain d'icite, mes choses ! Même
l'cancer du foie à Mémé on l'a sogné à la ferme, av'c des
herbes sauvages et des applications.

Il reprend souffle, tant mal que bien.

— Berthy, soupire-t-il, si tu voudras pas me préparer
mon vin chaud, j'vas demander à Sana d's'en occuper.
Mais c'est malheureux tout d'même d'avoir une épouse
légitimiste et d'crever sans soins, comme si dans le fond,
t'espérais d'être veuve, j'me demande d'ailleurs, histoire d'avoir les couillées franches av'c Alfred, ce con.
Mais fais-toi pas d'illuses, la Grosse. Même que je
dessouderais, ton pommadin, tu peux te l'arrondir pour
ce qu'est de te convioler. La bagatelle, il est partant,
marida, c't'une aut'paire de burnes !

Epuisé, il ferme ses chers yeux en phares de Bugatti
1929.

— Tu ne devrais pas t'agiter, Bébé Rose ! lui dis-je en

caressant son énorme main, grosse et rugueuse comme
une araignée de mer.

— Vous croyez-t-il que je dusse lui faire son vin
chaud ? demande l'épouse.

Sa question redéclenche Prosper.

— Va falloir convoquer un conseil de famille pour un
bol de vin chaud, maint'nant ! ricane le moribond,
depuis le fond de sa couche enfiévrée. Chez nous autres,
à la ferme, on soupait au vin chaud, l'vendredi, pour
faire maigre. Chacun son pain dans son saladier de
picrate !

— Bon, j'y vais, on verra bien ! se décide l'Ogresse.

Bérurier exhale un soupir qui est loin d'être son
dernier, voire seulement son antépénultième.

— C'est pas la mauvaise femme, nous rassure-t-il,
Berthe ; ce qu'elle a c'est qu'elle a pas l'sens du
soignage. La bouffe, la baise, tu la trouves partante,
mais l'service entretien, pièces et main-d'œuvre, fume !
C'est pas l'tout. Sana, tu veux bien fouiller dans la
poche interne de ma veste, posée là-bas, sur l'dossier de
cette chaise ? T'y trouveras mon portefeuille.

Je souscris à sa demande.

— Tu l'as ?

— Si c'est cette boîte à sucre pliée et qui contient
quelques pièces d'identité que tu qualifies de portefeuille, je l'ai.

— Dedans, y a une page de bloc dont j'ai écrit une
adresse contre, tu trouves ?

— Ce feuillet graisseux et auréolé de vinasse ?

— Textuel. Garde-le, c'est pour toi.

— Merci pour ce fabuleux présent, Gros, mais ça
consiste en quoi ?

— Hier soir, à la Grande Volière, j'ai pris une
communication pour ta pomme, en ton absence au cours
de laquelle t'étais pas là, mec. C'tait une dame...

— Et que me voulait-elle ?

— Te parler. Elle paraissait pressée et elle causait comme une qu'a trop couru ou trop limé. Elle m'a dite « Joignez d'urgence le commissaire San-Antonio, dites-lui que c'est de la part de son amie Maryse de La Baule. Qu'il se rende le plus vite possible à l'adresse que voici, question de vie ou de mort. »

« Elle m'a filé l'adresse à toute vibure, une seule fois et a raccroché comme si l'récepteur téléphonique lui brûlait les doigts, j'espère pas m'être gourancé, l'temps que je trouvasse de quoi noter. D'autant qu'je commençais à m'sentir pâlot du bulbe, av'c une fièvre de cannibale. »

Je m'approche de la fenêtre pour décrypter le document trouvé dans la luxueuse maroquinerie de mon malheureux compagnon. Difficile à lire. Déjà, il était, de son aveu même, la proie du mal quand il a pris note et les frites qui sont entrées en contact avec le feuillet rendent son texte mystérieux.

Après moult efforts oculaires et avec la participation évasive du Gravos, je finis par détecter les mots suivants : « Lapointe. Cap d'Antibes. »

Maigrichon.

Nonobstant ma répugnance, je serre le document dans mon porte-cartes un peu plus *must* que celui d'Alexandre-Benoît. Ce qui me pétafine, c'est l'avertissement de la correspondante « de la part de son amie Maryse, de La Baule ». S'agissait-il de Mme Lainfame ? Oui, sans doute. Ce serait donc la preuve que son bonhomme nous berlure en continuant de prétendre qu'il l'a trucidée. Et pourquoi dois-je voir ce Lapointe, à Antibes ? Question de vie ou de mort...

Berthe revient, apportant le breuvage guérisseur. Sa Majesté trouve la force de s'asseoir.

Il souffle sur la fumée vineuse, goûte.

— Banco, la Grande, t'as pas paumé ton tour de main. C'est sucré impec, y a la pincée de cannelle qui

faut, et t'as même poussé la délicatesse jusqu'à la belle
tombée de marc qui donne du corps. Tu vas voir, c'te
typhoïde, comment elle va se trouver à ma patte après ta
potion magique, Berthy.

Il boit à petites gorgées renaissantes.

Il vit ! Saint Lazare, merci pour lui !

Je réveille Pinuche.

— Hé ! Baderne, on est arrivés !

La Vieillasse qui en moulait dans le fauteuil Louis-
Beau-frère manque s'affaler en avant.

Elle se dresse en chancelant.

— Hein, quoi ?

— Viens, on se casse, on a école pendant que
môssieur soigne ses langueurs.

Il prend congé des Bérurier, penaud comme s'il était
le bacille d'Eberth en personne.

— Pas la peine de rouler les mécaniques, César,
l'avertit la houri, vous pouvez plastronner, vous aurez
votre tour, délabré comme je vous voye. Vous pensez
bien que si mon homme qu'est fort comme un Turc s'est
morflé la typhoïde, vous allez la choper aussi ; chez vous
elle vient plus lentement à cause que vous êtes plus
vieux ; mais quand t'est-ce qu'elle vous aura mis le
grappin dessus, c'est pas avec du vin chaud que vous la
guérirez !

Sur cette aimable prophétie, nous nous retirons.

Il fait un beau soleil de mai. Le printemps chante dans
les slips et peint des ombres un peu partout.

— Tu as dit que nous avions du travail ? s'étonne le
Flageolant.

— Oui, l'Ancêtre ; et ça urge.

Je lui désigne ma Maserati.

— Monte !

— Où allons-nous ?

— Cap d'Antibes.

— Comme ça, tout de suite ?

— T'aimes plus la bouillabaisse ?

— La rouille me donne des brûlures d'estomac.

— Tu suceras les arêtes.

— On se prend pas un petit bagage ?

— J'ai toujours un baise-en-province dans le coffiot de mon bolide.

— Toi, oui, mais moi ?

— Tu as changé de chemise la semaine dernière et tu t'es rasé avant-hier matin ?

— Oui, mais...

— Eh ben ! alors ! Tu ne vas pas te mettre à jouer les gandins à ton âge !

Et nous arrivâmes sept heures et dix minutes plus tard dans cette coquette cité d'Antibes où les femmes, contrairement à ce qu'on croit généralement ne sont pas antibaises (ouf !) mais antiboises.

Je n'ai rien de plus pressé que de bondir au bureau de poste pour, fiévreusement, compulser l'annuaire afin d'y débusquer des Lapointe. J'en déniche deux, blottis entre un Laplanche, et un Lapoire. Je note leurs coordonnées et m'apprête à refermer le merveilleux bouquin des P.T.T., si fertile en périphéries, lorsque le hasard, toujours et encore lui, incite mon regard à remonter la colonne de quelques noms, mon subconscient ayant été probablement capté par la chose à mon insu. Mais l'insu, faut savoir lui passer outre de temps en temps.

Je lis : « *Lainfame* Jérôme, Villa de La Pointe, chemin des Arbousiers », plus le tubophone que je n'ai pas à te donner ici car tu t'empresserais de le composer et ça risquerait de me griller le coup.

Donc, La Pointe s'écrivait en deux mots. Il ne s'agissait pas d'un patronyme mais du nom donné à une propriété, très certainement située à la pointe du cap.

Lainfame. De la famille du meurtrier, je gage (et
même je tueur à gages) ?

— Tu parais guilleret, remarque le vieux bélier
décorné quand je reprends place au volant.

— Dans quelques minutes je saurai si j'ai raison de
l'être, réponds-je.

Un facteur obligeant nous indique le chemin des
Arbousiers, au pied du phare. Il fait déjà très chaud
pour la saison et les cigales ont mis en route leurs
vibromasseurs. L'air sent le pin, n'oublie pas. Je ralentis,
manière de marauder dans la voie étroite. La plupart
des maisons sont encore fermées. Je finis par apercevoir
les deux mots « La Pointe », délicatement écrits au fer
forgé noir sur un pilastre blanchement crépi. Au-delà
d'une grille ouvragée, peinte en vert, s'élève une
maisonnette de dimensions modestes, mais très pimpante, avec ses tuiles bonnes comme les romaines, ses
portes vernies, ses volets blanc cassé. Mille mètre carrés
de pelouse où se dressent quelques pins complets lui
composent un environnement agréable. Jouxtant la
construction, il y a le classique petit garage. Sa porte en
est levée et l'on aperçoit une vieille Mercedes vert d'eau
(ou vert Nil si t'es poète et égyptologue). Donc, la
crèche est occupée, tu vois ?

— Viens, l'Ancêtre ! enjoins-je à ma vieille Pinasse.

Il s'arrache de la Maserati en tâtonnant un peu
partout pour chercher ces points d'appui qui firent
tellement défaut à Atlas qu'il ne put soulever le monde,
ce con. Ses gestes craquent comme des gressini italoches
au moment où tu cherches à les beurrer. L'arthrite au
flambeau, Pépère connaît ça ! On se demande comment
il se débrouille, César, pour faire encore de l'usage !
C'est le genre de vieille casserole entartrée dans laquelle
tu t'obstines à faire bouillir l'eau de ton thé.

Nous sonnons à la grille, déclenchant la hargne d'un
clébard quelque part dans la cabane.

La porte s'open et une grande femme un peu secouée par la soixantaine paraît, bonne chique, bon gendre, vêtue d'une robe plutôt austère pour la Côte d'Azur, dans les gris malades. Elle a le cheveu blanc-bleu et l'air d'être aussi marrante qu'une épidémie de peste bubonique.

— Qu'est-ce que c'est ? demande-t-elle depuis son seuil.

— Service du recensement, madame ! réponds-je poliment.

Elle vient alors jusqu'au portail et nous considère avant que de l'ouvrir. Nos mines urbaines tendraient à lui inspirer confiance, toutefois elle demande :

— Vous possédez une pièce justificative ?

— Bien entendu, m'empressé-je.

Et j'extirpe de ma vague une carte portant l'en-tête du Ministère de la Population, stipulant que je suis accrédité pour procéder à toute enquête concernant le recensement de la France.

Une nouvelle lubie de ton Antonio, ma chérie. Je boulonne à la carte, doré de l'avant (comme exprime Bérurier). On vit l'époque de la brème : cartes de crédit, d'accès, de tout ce que tu voudras. On projette de créer la carte de baise. C'est pour très vite. Tu la présenteras à la frangine que tu entends calcer, elle se la carrera dans la chaglaglatte, une cellule magnéto réactive oblitérera ta cartounette et tu pourras limer vingt minutes sans bourses déliées.

Rassurée, la personne débloucle.

Nous la suivons sur les opus incertum de J.-S. Bach composant le chemin.

On pénètre dans la maisonnette. Ça donne sur un hall de petites dimensions communiquant avec le living. Ce dernier, un peu foutoir, de brique et de braque : mobilier surabondant, hétéroclite. Comme souvent, la résidence secondaire a servi de poubelle. On l'a équipée d'une chiée de surplus d'ailleurs : une desserte d'acajou voisine avec une table Knoll, une horloge bretonne avec un canapé de cuir râpé, et tout à lave-dents. Des peintures anciennes, des statues modernes, du rideau à pomponnette, du tapis à motifs abstraits. Bordélique, vasouillard, répandu.

Au milieu de tout cela, un vieux schnock dans une chaise roulante. Le portrait de Michel Lainfame avec trente balais de mieux. Une vraie ruine, le dabe. Gâtochard à outrance, le dentier branligoteur. Caricatural, pitoyable dans sa robe de chambre à gros carreaux. Il me défrime sans réagir ni répondre à nos salutations.

La dame s'approche du reliquat et lui crie dans l'oreille droite :

— C'est le service du recensement !

Ce qui laisse le bonhomme profondément indifférent, ni ne le fait ciller. Moi, dans la vie, y a plein de gens qui me font ciller, soit dit en pissant.

Nous voici donc à pied d'œuvre. Il va falloir s'employer. Ce qui risque de mettre le puzzle à l'oreille de notre hôtesse, c'est que nous sommes démunis de toute paperasse. Je devrais arriver bardé de formulaires à remplir, mais je ne dispose que d'un misérable carnet consignateur, à reliure spirale, ce qui est bien pratique pour en arracher les feuillets, tu ne trouves pas ?

— Bien, fais-je, en prenant place à une table de jardin en fer peint en blanc, nous sommes donc ici chez monsieur et madame Jérôme Lainfame ?

— Effectivement, répond Mme Lainfame, très guindée, dans le plus pur style « ta bite a un goût », petite bourgeoisie essoufflée, revenus amenuisés par les inflations et laminés par le programme commun, mais principes maintenus.

On crève pavillon haut, dans les plis d'un conservatisme sans espoir de retour.

— D'autres personnes habitent avec vous cette mai-

son plus de six mois de l'année? je continue de
questionner.

Et je renifle. Moi, tu connais mon sens olfactif
surdéveloppé? Je suis capable de détecter une chou-
croute garnie à dix mètres et des beignets de morue à
vingt. Je sens ici des fragrances de cigare. Et je peux
même te pousser les préciseries jusqu'à affirmer qu'il
s'agit de Château-Latour. Et dans ma majestueuse
cervelle, un léger bistougnage s'opère. Je me dis que
Mme Lainfame n'a pas une frite à téter un barreau de
chaise et que même sa dernière pipe remonte probablement à la Quatrième République. Ce n'est pas non plus
le gâtouillard qui fume le cigare, dans son état de
profond délabrement, tu lui en cloquerais un dans le
bec, il le mangerait. Et comme une pensée ne vient
jamais seule et que mon intelligence, sans être supé-
rieure, se situe toutefois entre celle d'un chef de gare de
première classe et celle d'Einstein, je me tiens le
raisonnement ci-dessous, deux points à la ligne :

« Le vieux, dans sa tuture est aussi doué de compréhension qu'un philodendron dans son pot ; tout circuit
interrompu, il est inapte à piger les choses les plus
évidentes ; si sa bonne femme lui a bieurlé dans la
portugaise que nous appartenons aux services du Recensement, c'est pas pour sa comprenette qui est en cale
sèche depuis un bon bout de moment, mais pour
prévenir quelqu'un qui se trouve dans la maison. »

Ayant tiré cette aimable conclusion, je pose encore
une chiée de questions bateau, en puisant dans mes
souvenirs, car je fus recensé moi-même et j'en conserve
une légitime fierté. La dame y répond sèchement, sans
fioritures, allant à l'essentiel. Je note avec application,
tout bien, fonctionnaire modèle. Qu'après quoi je
remise mon mignon carnet, me lève et dis négligem-
ment :

— Merci de vous être prêtée à ces petites formalités

indispensables, madame Lainfame. Il ne nous reste plus qu'à visiter la maison pour mon état des lieux.

J'ai virgulé la chose avec le maximum d'innocence ; mais tu verrais la réaction de mémère. You youille ! Un nuage passe sur sa figure de constipée chronique.

— L'état des lieux n'a rien à voir avec le recensement de la population, objecte-t-elle.

— Ah ! mais si, pardon, riposté-je plaisamment, l'habitat est lié au problème, c'est facile à comprendre. Mais soyez sans crainte, madame, je ne fais que jeter un œil, pour compter les pièces, déterminer leur usage et préciser l'état dans lequel elles se trouvent.

La vioque dit :

— Nous avons trois chambres, une salle de bains et un petit débarras à l'étage. En bas : cette pièce, la salle à manger et la cuisine.

Je note sur mon carnet.

Elle se croit hors d'eau, la douairière. Se détend. Devient presque urbaine. Dans sa chaise roulante, le papa Lainfame émet quelques vagissements.

— Pardonnez-moi, dit-elle, mon mari réclame l'urinal.

— Mais faites donc, je vous en prie, chère madame.

Elle va chercher le récipient de verre, fait pivoter le siège du dabe pour nous éviter un affligeant spectacle et dégage la quéquette du bonhomme.

— Si vous le permettez, je vais dresser l'état des lieux du rez-de-chaussée pendant que vous assistez votre époux, madame Lainfame.

Et me voilà parti, Pinuche sur les talons, prenant des notes bidon. Je passe dans le hall.

— Ici, donc, le hall, fais-je. Je suppose que la cuisine se trouve là...

Je chuchote à Pinaud :

— Continue de me parler comme si j'étais près de toi.

Et je pose mes mocassins pour m'élancer dans l'esca-drin cinq à sept, au lieu de quatre à quatre, car j'ai de grandes jambes et suis porté sur la chose.

Deux secondes plus tard, je commence à ouvrir les portes du haut. La première donne sur une chambre aussi capharnaümique que le living et qui fouette le renfermé.

— Elle est bien, cette cuisine, déclame Pinuchet, en bas. J'adore le pin d'Orégon, Mme Pinaud me réclame depuis des années une installation de ce genre...

J'ouvre la deuxième porte, laquelle m'offre une pièce plus petite que la précédente, chichement meublée d'un lit ancien, très haut sur pattes. Un type est assis en travers du plumard, dos à la cloison. Il fume un mégot de Château-Latour, ce qui est contraire aux préceptes de mon ami Zino Davidoff, lequel affirme qu'un cigare ne doit se fumer qu'à moitié, mais peut-être prétend-il cela pour pousser les clilles à la consommation ?

Près du lit est une table de nuit, comme il est écrit dans les mauvaises traductions de l'anglais. Sur la table de nuit, est un revolver de fort calibre, dans son holster de cuir. Très belle artillerie, capable de chasser l'élé-phant, le buffle ou le bison futé. Mon surgissement sidère le mec. Le temps qu'il réagisse, j'ai bondi jusqu'à la table de noye et cramponné l'arme.

— Vous avez un permis pour ce jouet ? je lui demande.

En matière de réponse, il cherche à me filer son pied dans les couilles. Mais quand tu es à demi allongé sur un plumard, tu ne jouis pas (si je puis dire) d'une grande liberté de mouvements. Tenant à mes testicules comme toi à ton livret de Caisse d'épargne, j'esquive à la torero, olé ! Lui biche la pattoune arrivée à bout de course et pèse violemment dessus. Ça craque. Il hurle.

— Non, pas cassé : cheville démise, simplement, diagnostiqué-je ; il existe maintenant des sprays calmants

absolument miraculeux, en trois jours la douleur disparaît.

Le gars oublie sa souffrance pour tenter de se jeter sur
moi. Pas de chance, baby : je suis en verve et lui sers
douze coups de boule rapides dans les gencives, soit un
alexandrin.

Le pensionnaire des Lainfame tombe à la renverse, la
bouche comme s'il venait de bouffer de la gelée de
groseille à même le pot.

Rapidos, je lui passe les menottes puis redévale au
rez-de-chaussette, réintègre mes targettes.

Pinuche continue d'extasier à haute voix sur la
cuisine, comme quoi elle est équipée d'un four à
ultrasons, qu'en deux minutes tu peux cuire n'importe
quoi, même quelque chose de surgelé.

Mme Lainfame qui vient de vider la vessie de son
pauvre kroume réapparaît, l'urinal en main et va le
vider dans les chiches.

— Si vous voulez bien nous montrer le premier étage,
maintenant ? lui demandé-je.

Mon ton courtois est suffisamment inflexible pour
qu'elle renonce à s'opposer.

— Eh bien, puisque vous insistez, messieurs, je vais
donc vous faire visiter le premier étage ! elle crie
positivement.

Et comme pour assurer le coup, elle hurle à l'intention du philodendron pisseur :

— Papa ! Je fais visiter le premier à ces messieurs du
Recensement !

Si le locataire du dessus n'a pas entendu, c'est qu'il
s'est fait mastiquer les feuilles !

Nous montons.

Un qui rit sous cape, tu devines qui c'est ?

Première chambre. Vide.

Deuxième chambre...

La dame commence en ouvrant la porte :

— J'espère ne pas importuner notre cousin qui fait la sieste.

Le « cousin » ne fait plus la sieste. Il est déjà sorti du coaltar. Il se tient debout, menotté, la poire en compote, l'air sombre, tuméfié du cervelet autant que de la margoulette.

Mme Lainfame se croit en pleine féerie. Elle ne pige plus ; voudrait, regarde, suppute, s'écarquille, convulse du bulbe, s'emballe du palpitant.

— Mon Dieu ! égosillé-je, qu'est-il arrivé à votre cousin ?

La chère dame s'essaie à parler, n'émet que des onomatopées taupées, dont le sens échappe. Elle dit « agrrr herrr mejrrr ». Ne manque pas d' « r », l' « r », c'est la fin du langage, ce qui subsiste lorsque tout a été dévasté. L'extrémité septentrionale de la civilisation, le retour à l'âge du feu.

— Bjrrrrqurrr, ajoute-t-elle en manière de péroraison.

Et puis le silence.

Pinaud en profite pour rassembler en un seul volume différentes mucosités qui lui encombraient les bronches et l'arrière-gorge. Il expulse ledit au plus secret d'un large mouchoir à carreaux qu'il replie posément ensuite pour empocher ce témoignage de son catarrhe.

L'individu qualifié de cousin continue de se tenir tranquille et se réfugie dans un mutisme rigoureux.

On pourrait demeurer de la sorte très longtemps, tous les quatre, à se regarder, à savourer le plaisir ténu de l'immobilisme absolu.

Je laisse flotter. Ce genre de situation doit se décanter toute seule. Tout mammifère en gestation trouve son issue lorsqu'il est parvenu à terme. L'instant présent est une espèce de gros cobaye à poils diffus qui accouche.

La maman Lainfame pâlit à vue d'œil. Va-t-elle s'évanouir comme au dix-neuvième siècle ?

Moi, plus malin qu'un gorille ayant décroché sa
licence en lettres, je lui cloque ma carte de « Recen-
seur », déjà exhibée sous le nez. Je la renfouille puis
déballe ma vraie, celle où il y a écrit « Police ».

Elle lit machinalement, reste morne.

J'approche mes lèvres de son oreille perforée, au lobe
de laquelle brille une pastille d'or plus ou moins
diamanteuse.

— Allons bavarder dans votre chambre, chère
madame.

Et je lui prends le bras.

Elle me suit.

D'un hochement, j'indique à Pinaud qu'il doit surveiller le pensionnaire.

Dans la pièce d'à côté, la troisième, celle que je n'ai
pas encore visitée, c'est exquis. La mère Lainfame s'y
est aménagé un coin relax, délicat, agréable. Une
véritable chambrette de jeune fille, pimpante, avec des
fleurs, des tissus pastel, des tableautins légers. Son
crabe, compte tenu de son infirmité, pionce sur un
canapé du salon. Elle, du coup, a retrouvé une semi-
liberté. Je l'imagine, écrivant sur papier vieux rose à
d'anciennes copines de pension.

— Asseyez-vous donc, madame Lainfame.

Elle se dépose sur une chaise capitonnée.

J'en place une face à elle et l'acalifourchonne, le
menton sur le pont de mes bras.

— Je vous écoute, dis-je.

Son regard fuit le mien. Mais dis, quand deux frimes
se trouvent à moins de quarante centimètres l'une de
l'autre, il est duraille de regarder ailleurs, non ?

— Je n'en puis plus, dit-elle. La vie ne m'épargne
pas.

— Elle n'épargne personne, madame, chacun
déguste sa part de cruautés.

— Tout le monde ne subit pas la même dose de malheurs, vous le savez bien !

Bon, ça c'est le galop d'essai. Elle « règle le micro », comme certains chanteurs avant d'attaquer, histoire de prendre la température de la salle.

Seulement, à présent, faudrait peut-être qu'elle me pousse sa goualante.

— Je vous écoute ! répété-je, en laissant poindre mon agacerie.

— Vous êtes au courant de ce qui est arrivé à mon fils Michel ?

— Oui, madame.

— Il n'a pas assassiné sa maîtresse !

— C'est ce qu'il prétend. Par contre il s'accuse du meurtre de sa femme, ce qui constitue une situation plutôt bizarre.

— Il n'a pas non plus tué sa femme !

— Comment le savez-vous ?

Elle baisse le ton, comme si elle craignait que le gars d'à côté perçoive ses paroles.

— Je l'ai vue !

— Quand donc ?

— Hier après-midi.

— Racontez.

— Je taillais mes rosiers, une voiture est arrivée, Maryse la pilotait. Elle allait stopper, mais soudain elle a accéléré et a disparu.

— Pourquoi ?

— Parce que lui (elle montre la cloison) sortait du garage au même instant, il était allé prendre je ne sais quoi dans sa Mercedes. Maryse l'a aperçu, elle a pris peur et s'est enfuie.

— Qui est-il ?

— Je l'ignore. Il est arrivé le lendemain de l'arrestation de Michel. Il a commencé par prétendre qu'il appartenait à la police et m'a demandé si j'avais eu des

nouvelles de ma bru. Je lui ai dit que non. Alors il a
annoncé qu'il allait l'attendre. Son attitude a changé, il
m'a littéralement terrorisée, m'annonçant que si je
n'entrais pas dans son jeu, Michel serait perdu, mais que
par contre, si j'obéissais à ses directives, l'innocence de
mon fils serait reconnue.

— Et alors ?

— Alors, rien : il s'est installé dans la maison où il
s'est montré relativement discret.

— Il a reçu des visites ?

— Non, mais on lui téléphone plusieurs fois par jour.

— Qui ?

— Je l'ignore. Tantôt il s'agit d'une voix d'homme,
tantôt d'une voix de femme.

Ces révélations me dégoulinent dans l'entendement,
faisant surgir une foule de pensées à changement de
vitesse. Ainsi, Michel Lainfame m'a menti en prétendant qu'il avait tué son épouse. Pourquoi ? Maryse
Lainfame a voulu contacter ses beaux-parents, du moins
sa belle-doche puisque le daron est marmeladé de la
coiffe, elle a aperçu l'homme au flingue et s'est barrée
presto. Ensuite, elle m'a téléphoné. Elle espérait que je
viendrais et que se produirait alors ce qui s'est produit.

— Maryse vous avait téléphoné depuis l'arrestation
de son mari ?

— Absolument pas.

— Que pensez-vous de cette affaire, madame Lainfame ?

— Que Michel est pris dans une affreuse machination
pour une raison que je ne perçois pas.

— Quand votre belle-fille est survenue, hier,
l'homme l'a-t-il vue ?

— Non, il regardait l'objet qu'il venait de sortir de
l'auto.

— Vous lui avez signalé la chose ?

— Grands dieux non.

— Pourquoi ?

— L'idée ne m'en est pas venue.

— Cependant, de toute évidence, il est chez vous pour piéger Maryse.

— Je ne veux pas qu'il arrive de mal à ma bru pour qui j'éprouve une réelle affection.

— Quand bien même la liberté de votre fils serait en cause ?

— Je suis convaincue que cet homme me ment et que ce n'est pas parce qu'il mettrait la main sur Maryse que Michel serait tiré d'affaire.

Elle hésite, puis questionne :

— Qu'allez-vous faire ?

Je gamberge un bref instant, puis je murmure :

— Téléphoner. Vous permettez ?

— Nous n'avons qu'un poste, il se trouve dans le salon.

J'évacue ma chaise. Elle avance sur mon poignet sa main fripée par l'âge, mais aux ongles parfaitement laqués.

— Que va-t-il se passer, à présent, monsieur ?

— Nous allons voir, évasifié-je.

— Et moi, que dois-je faire ?

— Je vous le dirai après ce coup de fil, madame Lainfame.

Sa main retombe. J'aperçois des larmes sur ses pauvres joues creusées par le tourment.

C'est pourtant vrai que la vie est à chier.

On veut pas croire, mais c'est vrai.

Je te jure que c'est vrai.

PRÉFACE

Je tombe prélavablement sur Georges Roupille. Il veut savoir ce que je compte bonnir au juge Favret ; probable que la chochotte magistrate lui a donné des instructions (si j'ose m'exprimer ainsi), à mon propos, et qu'il a ordre de me « filtrer » sévère, le nœud volant.

— J'ai une importante communication à faire concernant l'affaire Lainfame, dis-je.

— Quelle communication ?

— J'en réserve la primeur au juge ! réponds-je comme tu réponds au tomobiliste qui te traite de « boug' de con » parce que tu l'as frôlé de la hanche en traversant les clous.

Ça parlemente, hors antenne ; Roupille a posé sa main scribouilleuse sur les petits trous par lesquels il introduit ses microbes intimes.

Je ronchonne dans ma Ford intérieure, qu'après tout, merde, cette jugette me court un brin, à force d'à force ; je ne vais pas la violer par téléphone ! Veuve tant qu'elle voudra, mais faut pas pousser !

— Mᵐᵉ le juge d'instruction me demande d'enregistrer votre déposition, elle estimera ensuite si une convocation s'avère nécessaire.

Bon, ça y est, le lait déborde. T'as beau éteindre le gaz : trop tard ! C'est parti pour la gagne !

— Ecoutez, môssieur Roupille, explosé-je, dites à la mère Favret qui n'est pas plus foutue de faire progresser son enquête que moi un rouleau compresseur avec l'épaule, dites-lui que je me trouve à Antibes et que je viens de dégauchir du chouette, bien juteux, bien fracassant. Si elle veut être tenue au courant, qu'elle me rappelle dans les cinq secondes qui suivent au 61 21 19, passé ce délai je balance le paquet à des potes de la grande presse. Je connais vingt-cinq mecs qui me feraient une pipe pour obtenir un *scoop* pareil.

Et je raccroche.

Un couple de pigeons blancs vient faire une petite démonstration de flirt sur la branche d'un pêcher (de jeunesse). C'est beau à voir, un peu con aussi. Les mâles, qu'ils soient à plume ou à poil, ils ont tous et toujours une gaucherie glandouilleuse dans ces cas-là. Ils roulent, quoi ! Font les mirliflores, comme dit Mamaman. Se prennent pour des épées. Proclament du geste et de la voix qu'ils possèdent le grand attirail au complet : à la belle bibite, mesdames !

Je laisse ce couple en transe pour mater quelque chose de moins folichon, à savoir, le vieux Lainfame dans sa brouette, tout inerte, et flasque du mental, des cannes également, le tiroir pendant, râpé, se survivant juste pour dire, à peine encombrant. Je lui souris, il me regarde sans paraître me voir vraiment.

— Votre chiare est dans une curieuse béchamelle, lui dis-je.

Le téléphone demeure aussi muet que lui. Hélène ne rappellera pas. Quelle hostilité ! Pimbêche, va ! Les hommages d'un homme, pourtant, c'est flatteur, non ? Tu crois que j'ai l'air aussi glandu que ce pigeon dans le pêcher quand je fais ma cour ? Probable, hein ? Nos simagrées d'empressé-de-mettre-sabre-au-clair, ça prend quand y a concomitance, que la personne d'en face mouille à la demande, sinon, tu te ramasses. Et là, pardon, je me suis à ce point écrasé que pour me ramasser, il faudrait un buvard !

Jérôme Lainfame, il a été fringant en son temps. Séduisant, cavaleur, sabreur. Et le voici plante d'ornement, le bulbe en caramel extra-mou ; n'attendant plus que la mort. Du moins, ses proches l'attendent. Sa rombiasse, en tout cas. Il a perdu pied. Ignore que son grand fiston est en taule et qu'il se passe un sacré rodéo dans sa crèche ensoleillée. Il a dû rêver de sa retraite pendant sa vie active, eh bien maintenant il l'a.

La sonnerie du biniou vrombit. Je m'hâte de décrocher.

— Présent ! je tonitrue, merci d'avoir rappelé aussi vite, mon cher juge, vous n'allez pas le regretter.

— Qui est à l'appareil ? demande une voix extrêmement masculine.

Quel œuf, mézigue, avec ma grande gueule et mes élans du cœur !

— Quel numéro demandez-vous ? je fais.

— Soixante et un, vingt et un, dix-neuf ? fait la voix extrêmement masculine d'un ton extrêmement prudent.

— Ah ! non, vous faites erreur : ici soixante et un, vingt-deux, dix-neuf.

— Excusez-moi !

On raccroche. Moi pas. Je cavale jusqu'à l'escadrin pour héler Mᵐᵉ Lainfame, la conjure de débouler fissa. Ce dont elle.

— Les petits amis du copain d'en haut, dis-je, ils vont rappeler, vous décrocherez et direz que votre pensionnaire s'est élancé à la poursuite de quelqu'un et qu'il n'est plus là, feignez l'innocence la plus complète.

Là-dessus, je replace le combiné sur sa fourche, en brave descendant de paysan que je suis, cré bon gu !

Quelques secondes passent, le téléphone gazouille, mémère décroche.

La vioque tient bien son rôle. Mentir, les femmes les

plus sages, les plus pieuses, les plus édifiantes savent le
faire sans apprentissage. C'est inné, chez elles, travestir
le vrai pour pécher le faux. Berlurer à tout va, prétendre
ce qui n'est pas, avec l'aplomb de la vérité indéformable. Un art, un don, un élan du cœur. Bien con, bien
sombrement con, bien indélébilement con, et d'essence
conne, d'extraction connesque, celui qui croit à la
sincérité d'une femme. Seules les mères ne mentent pas
trop, mais mentent lorsqu'il est dans votre intérêt
qu'elles le fassent. Quand une femme t'affirme, admets
la possibilité qu'elle puisse dire vrai, mais pas plus ! Ce
faisant tu lui auras accordé le maximum de crédit qu'elle
mérite. Vosne-Romanée vaut mieux que ceinture
dorée.

Toujours miso, l'Antonio, vont-elles récrier, les chéries. Que non point. Conscient seulement. La vie lui
aura enseigné ça, plus deux ou trois autres trucs de
moindre utilité que je te dirai peut-être un jour.

Mame Lainfame débite que le type est parti en
courant, comme s'il avait aperçu quelqu'un qu'il veuille
rattraper, et qu'il n'est point encore revenu ; voilà vingt
minutes que la chose s'est opérée.

Elle jacte recta, sans hésiter. Le ton ? Un chef-
d'œuvre ! Tu ne peux pas ne pas la croire, tant tellement
les accents sont somptueux d'authenticité. A l'autre
bout, on cesse de la questionner. On raccroche tout de
go.

Mémère en fait autant, me regarde, anxieuse.

— C'était parfait, lui dis-je.

Je continue de mater le bigophone, espérant encore
un appel du juge Favret.

Mais le juge Favret est une salope qui déteste Sana,
mon petit, j'ai le regret de t'y dire. Son attitude va plus
loin que l'indifférence ; jusqu'à l'hostilité déclarée. Faut
pas lui déranger le veuvage à ce magistral magistrat.
Achtung ! Pas toucher ! Pas regarder ! Pas y causer !

Hélène, elle est en deuil, en berne. Voilée comme une
roue de carriole! Pleureuse sèche, comme y a des
nourrices sèches! L'âme en peine, le corps inappétent.
La vie, connaît plus! Boulot-boulot! Point à la ligne.
On promène le cador, on mange un sandouiche avec son
connard de greffier quand le coup de feu commande.
   Pour un peu, je l'invectiverais, ce téléphone.
   « Ben, sonne, charogne! Carillonne, merde!
Apporte-moi sa voix, à cette guenuche de mes deux! »
   Ce que je te la tringlerais toute crue, la sœur! Sur son
burlingue, parmi les dossiers verdâtres. Rrran! Le coup
du soudard! La chevauchée héroïque! Que sa chatte
fume comme un moteur surmené. Lui boufferais ses cris
à pleine gueule! Oh! mais c'est que je vais opter pour
les solutions extrêmes, moi! Te la kidnapperais, l'Hélène! La violerais d'autor, à la santé éternelle de son
cher défunt! Je le commettrais, ce péché de vie que
causait mon merveilleux Cohen. Dis-toi bien, l'artiste,
que si tu ne vis pas la vie pendant qu'elle est à dispose,
personne la vivra à ta place.
   Le téléphone joue relâche. Le juge Favret m'a déjà
oublié. Je me suis retiré de ses préoccupances. Adieu!
Seulement, son enquête, qui est-ce qui la fait? Elle,
dans son cabinet? En écrivant des notes sur du papier
mieux réglé qu'elle? Elle, en interrogeant gentiment
Michel Lainfame, à heures fixes? En recueillant les
témoignages gnagnateux de sa concierge, de son cré-
mier, de ses amis et connaissances?
   Je m'avise du regard tendu que la maman Lainfame
laisse braqué sur moi.
   — Vous risquez d'avoir une visite, dis-je. Si quelqu'un s'annonce aux nouvelles du type d'en haut, dites-
lui qu'il est rentré et qu'il se tient dans sa chambre.
   Elle acquiesce.
   Je sais que je peux compter sur elle, question
efficacité.

Notre pensionnaire menotté est assis sur le bord de son plumard. Pinuche rallume son clope en forme de cloporte avec une obstination qui force l'admiration (la demi-ration). La haute flamme fumeuse éclaire son cher visage de morille déshydratée. Il rabat le couvercle de cuivre du vénérable briquet, lequel pue davantage l'essence que le stand Matra aux Vingt-quatre plombes du Mans.

L'homme enchaîné me considère avec un air d'en avoir deux.

Comme j'en ai deux moi-même, je m'approche de lui et soupire :

— Bon, il faut bien que ça arrive, non ?

Ce disant, je coule la main le long de sa poitrine afin de griffer le contenu de ses poches. Son larfouillet est en vieux cuir fatigué, dans les tons marron crasseux.

Exploration rapide, parce que de professionnel. Des fafs usuels : carte d'identité, permis de conduire. Il se nomme Courre. Prénom : Martial. Profession : représentant.

— Vous représentez quoi ? je lui questionne.

— Une certaine manière de voir les choses, me répond-il.

Faut pas craindre les gnons, pour, enchaîné, se permettre une telle réplique. Courageux. Bravo. Je ne me donne pas la peine de le questionner, comprenant d'emblée que ce genre de client ne se met à table qu'après de longues séances de conditionnement.

— Est-il indiscret de vous demander pour le compte de qui vous êtes ici, cher monsieur ?

— Me le demander ne constitue pas une indiscrétio mais vous le dire en serait une, répond Courre Martial.

— Vous savez que je suis le commissaire San-Antonio ?

— Votre physionomie ainsi que vos méthodes me disaient quelque chose, assure-t-il.

— Vous n'ignorez pas que je passe pour obtenir des résultats positifs lorsque je m'occupe d'une affaire.

— Cela fait également partie de votre légende.

— Seulement, ce n'est pas une légende.

J'enfouille la totalité de ses papiers.

— Vous m'arrêtez ? demande-t-il.

— Pour le moment, je me contente de vous interrompre ; du moins d'interrompre le cours de vos activités.

— Pour longtemps ?

— La suite des événements en décidera.

Il hoche la tête.

— Cela vous ennuierait de m'ôter ces bracelets un instant : je dois me rendre au petit endroit ?

— Pensez-vous ! dis-je, vous me prenez pour un benêt ?

— La nature exige.

— On va lui donner satisfaction.

Avant qu'il soit revenu de sa surprise, j'ai dégrafé son pantalon, Pinaud m'aide à le lui retirer, de même que son slip. Il a bien des velléités de rebufferie, mais deux manchettes en diagonale le font accepter cette position ridicule.

Le voici cul nu. Je le cornaque jusqu'à la porte des chiches.

— Prenez tout votre temps, conseillé-je avant de l'y boucler, je sens que nous allons rester ici un tel bout de moment qu'il sera superflu de vous reculotter, mon cher Martial. Plus la vie est simplifiée, plus elle est facile à vivre.

Ce disant, je ne fais qu'extérioriser un rêve jusqu'ici secret. J'eusse aimé passer quelques vacances à l'état sauvage, belle contrée s'il en est, où l'on vit nu, sans se raser ni beaucoup se laver, mangeant chichement des denrées faciles, baisant sans formalités préalables la

femelle dont le cul vous tente, dormant sans tenir
compte de cette ignominie qui s'appelle l'heure, pissant
sous soi en cas de paresse extrême, déféquant de même,
ne parlant que par nécessité absolue et n'écoutant
personne, ça oui, surtout ! Bref, dérivant sur l'eau calme
de son âge comme un esquif sans gouvernail entraîné
par les souffles de l'air. Contemplant ce qui mérite de
l'être. Pétant en toute relaxation organique, pleurant à
plaisir, ne haïssant plus personne puisque oubliant tout
le monde et soi-même. Le rêve, te dis-je. Et qui sait ?
Peut-être l'approche extrême du bonheur ? Etre pour
être, se laisser vivre et mourir. Aurais-je suffisamment
navigué dans la mer des Délires ?

Réveille-toi, l'Antonio. Tu accumules trop. Ça laisse
des traces. Tu laisseras des traces, comme l'escargot ou
la limace, cette démunie. Il y aura des auréoles sur ton
linceul, pas derrière ta tête : sous tes meules, l'ami ;
sous tes meules !

Et l'attente s'organise.

Courre Martial se résigne. Grâce aux poucettes de
Pinuche, on enchaîne l'enchaîné au tuyau du chauffage
central, ainsi qu'il sied dans un roman d'action dont
l'auteur connaît les roueries de la profession.

Ce qui nous laisse libres.

La nuit descend, majestueusement sur le Cap d'Antibes. En cette intersaison, il possède un charme qu'il
abandonne l'été, quand la horde déferle.

Mme Lainfame s'occupe de son époux. Elle le fait
claper et le zone dans un canapé-lit facile à développer.
Ensuite, elle nous régale d'une omelette aux œufs et
d'une boîte de petits pois auxquels s'ajoutent un mor-
ceau de gruyère durci par l'âge, plus quelques biscuits
au chocolat en cours de moisissance, car tu sais combien
le littoral est humide. Le tout arrosé d'une bouteille
d'un bordeaux mis en bouteilles dans le Roussillon.

Chaque fois que j'entends le bruit d'une voiture, je

dresse l'oreille et remue la queue, mais après chaque alerte, l'auto poursuit sa rue.

J'essaie de questionner la mère Lainfame sur son rejeton. Un garçon doué, elle s'hâte d'affirmer. Crack en matière bancaire. Fondé de pouvoir d'une agence du Crédit Lyonnais à l'âge où d'autres remplissent encore les encriers. Nommé administrateur de la Kou Kou Clock Bank lors des derniers grands remaniements, destiné à diriger la Banque de France un jour, ça se profilait impec pour sa pomme, espère! Elle le prévoyait ministre des Finances, maman Lainfame, son génial rejeton. Ça s'inscrivait dans la logique des choses.

— Et avec sa femme, comment cela marchait-il?

Très bien, merveilleux, bleu azur! Délices et orgues! Mariage d'amour. Elle, fille d'un grand chirurgien, belle (je sais), intelligente (j'ai apprécié), bonne épouse (ça, j'avais pas remarqué). Le couple heureux, quoi! Assistant parfaitement son époux dans sa vie mondaine. Si Michel a pris une maîtresse, c'est parce qu'il est porté sur la fesse, ce chéri. Le cul, c'est son violoncelle d'Ingres. Jadis, son père était pareil, c'est à force de brosser qu'il est devenu gâtoche, selon son estimatio.., à Mme sa dame. Il limait trop en force, le Jérôme, un peu n'importe qui: depuis des actrices en renom jusqu'aux soubrettes les plus espagnoles. Le jus de couilles, quand tu te contrôles pas, ça affecte le cerveau, à preuve!

Un frénétique, le vieux Lainfame. Si elle me disait: un jour, elle l'a surpris qui emplâtrait leur femme de ménage, à la campagne, une paysanne de soixante-dix balais (si je puis parler ainsi à propos d'une femme de ménage).

La sonnerie du téléphone retentit.

D'un hochement de tête, je fais signe à mon hôtesse d'aller décrocher.

— Que dois-je répondre?

— Votre pensionnaire n'est toujours pas de retour.
Elle défourche, écoute.

— C'est pour vous ! dit-elle.

Mon guignolet danse une gigue frénétique. Ainsi, *elle*
s'est décidée ! *Elle* consent à me téléphoner, ma belle
Hélène (dont je suis la poire pour la soif).

Une voix mâle et corse tonitrue :

— Vous êtes le commissaire Santantonio ?

— Effectivement, réponds-je, éberlué.

— Heureux de vous entendre, collègue, ici le commissaire Quibezzoli, de la police judiciaire de Nice. Je
vous téléphone à la demande du juge Favret de Paris qui
me prie de vous entendre sur commission rogatoire à
propos de certaines déclarations importantes que vous
auriez à lui faire...

Mais elle veut donc me tuer, cette charogne de veuve !
Ah ! la rarissime salope ! Ah ! la verminerie magistrate !
Humilier un homme en transe pareillement, c'est inhu-
main ! Pourvu qu'il existe une autre vie et qu'elle aille se
faire rôtir les fesses en enfer, la gueuse atroce ! A
déguster des coups de fourche dans le pétard, fumière,
va ! On ne joue pas avec les sentiments de San-Antonio !
De quel droit ! Si je veux lui filer un chibre dans le train,
c'est mon droit, non ? En vertu de quoi refuserait-elle ?
En vertu de sa vertu endeuillée ? Tiens, chope !

— Je crois qu'il est inutile que nous prenions un
rendez-vous, mon chère confrère, articulé-je d'une voix
plus froide que les fesses d'une apprentie patineuse, je
remonte demain sur Paris, et le juge pourra enregistrer
personnellement ma déposition.

Quibezzoli se racle la gargante.

— J'oublie de vous préciser, San-Antonio, que le
juge Favret exige que je vous entende immédiatement ;
j'ai des ordres précis, immédiatement, ça veut dire tout
de suite, vous comprenez ?

Des chandelles de rage froide me dévalent la raie culière.

— Pour l'instant, je suis en planque, il m'est donc impossible...

— Nous allons vous relever. J'arrive avec deux gars de mon équipe.

— Mais je...

— Vous vous trouvez à la villa La Pointe, chemin des Arbousiers, au Cap d'Antibes, n'est-ce pas ?

— Comment diable êtes-vous au courant ?

Il éclate de rire :

— A Paris, vous qui êtes si malins, vous ne savez pas trouver une adresse en partant d'un numéro de téléphone ? Ne bougez pas, j'arrive !

Il raccroche.

Je crèverais de rage si je n'étais pas jeune et beau, avec un superbe avenir tendu de velours bleu roi devant moi !

Moins d'une demi-heure plus tard, Quibezzoli est là. Et attends, bouge pas ! il s'est radiné à bord d'une bagnole sur laquelle il est écrit *police* en caractères aussi gros que ceux qui annoncent Johnny Halliday au Palais des Congrès.

La discrétion même ! Si par hasard les complices de Martial Courre se pointaient aux renseignements, je n'aurais plus besoin de leur faire un dessein (j'écris bel et bien dessein). C'est vraiment me foutre la cabane par terre, non ? On devrait pouvoir fusiller les gens qui méritent de l'être, à tout le moins les gifler copieusement, jusqu'à ce que leurs joues soient en cuir de Cordoba. La faute en est à cette garce de juge ! Dedieu, qu'on me la donne une heure, cette péteuse ! Que dis-je une heure ! Soixante minutes me suffiraient. Alors oui, tu verrais du grand art, Suzette ! Je suis là, à la pêche aux indices pour ses beaux yeux, bricolant son enquête en ses lieux et place, et Mme veuve Moncul, son remerciement, c'est de me filer des bâtons (d'agent) dans les roues motrices. J'enrogne au point que je bégaie en saluant Quibezzoli. Un pas-sympa, l'artiste.

Pourtant, d'ordinaire, j'aime bien les Corsicos ; d'ailleurs, tout ce qui trempe ses pinceaux dans la Méditerranée, j'en raffole. Mais le collègue Quibezzoli est l'exception qui confirme la règle. Un bilieux, si tu vois ce que je veux dire ? Le genre de flic qui soupçonne tout le monde des crimes les plus abominables et qui doit, parfois, se passer les menottes devant sa glace manière de voir l'effet que ça fait.

Il est grand, mince, avec beaucoup de poils gris et des sourcils en comparaison desquels, ceux du regretté président Pompidou auraient paru duveteux. Tu dirais deux haies pour parcours de jumping. Il mâchouille un cure-dent parce qu'il a vu faire ça, un jour, dans un film, à Humphrey Bogart, et que l'idée lui a paru intéressante. Il est flanqué de deux autres mecs du même tonneau, style sous-fifres lécheurs. Chemises à col ouvert, jeans, blousons de cuir « patiné » artificiellement : on ne patine plus avec amour ; de nos jours, les nouveaux poulagas ne ressemblent plus à des poulets, ce qui les rend davantage efficaces.

Quand j'étais mouflingue et qu'on jouait aux gendarmes et aux voleurs, rien ne nous distinguait de l'un et l'autre état, mes camarades et moi-même, rien sinon la convention que nous avions établie d'être l'un ou l'autre. Maintenant, c'est pareil, rien ne distingue les flics des truands, sauf le fait qu'ils se tirent dessus le cas échéant.

Il me serre la main sans grand enthousiasme. L'un de ses guignols tient une machine à écrire portable sous le bras. Quibezzoli est un fonctionnaire avisé.

Nous nous installons au salon, ses péones foutent du papier en chiée d'exemplaires carboneux dans l'Olivetti et j'y vais de ma chansonnette. Je raconte le coup de fil transmis par l'un de mes subordonnés, mon départ pour la Côte, mon arrivée ici, ma découverte de Courre Martial qui « contrôlait » la maison et tenait Mme Lainfame à merci. La manière que j'ai comporté, enfin quoi, merde, tout ce que tu viens de bouquiner avec délectation, sans y changer une virgule. Mes confrères transcrivent. Le suceur qui claviotte connaît la dactylographie car il frappe aussi vite que je jacte. Quibezzoli étoffe avec des questions judicieuses, en homme connaissant parfaitement son boulot. A la fin j'écoute la lecture de mes révélations, approuve et signe.

— Vous n'aviez pas à descendre de Paris, dit alors mon homologue, l'affaire est de notre ressort.

Je pose ma main frémissante sur son épaule d'autant plus inerte que son tailleur lui a filé cinq kilogrammes de rembourrage dans le veston pour lui donner l'air athlétique.

— Ecoutez, vieux, lui dis-je, vous avez enregistré ma déposition, je crois que c'est ce qui vous a été demandé, n'est-ce pas ? Maintenant, pour tout ce qui est conseils, leçons de morale, recettes de cuisine, j'ai mes fournisseurs attitrés, inutile de vous fatiguer.

« Tu viens, Pinuche ? »

C'est la décarrade, dans un silence de mort. Simplement, je m'incline devant la mère Lainfame, laquelle paraît regretter mon départ. Dans le fond, elle préférait mes manières à celles, plus classiques, de mon collègue.

La Vieillasse maugrée des présages sous sa moustache brûlée. Elle dit, la brave Pine, que ce grand connard n'arrivera à rien, que le coup est carbonisé par sa faute, et qu'on devrait le nommer dans une sous-préfecture du Cantal. Comme j'adore le Cantal, je l'assure qu'elle a tort.

Je retrouve ma Maserati, ce qui me réconforte, car c'est toujours un bonheur pour moi que de m'asseoir au

volant d'une bagnole puissante. Dans le fond, j'aurais
dû me lancer dans la compétition automobile. Mais
quoi, on n'a qu'une seule et unique existence, qu'on use
à faire des choix et qui vous désespère parce que ces
choix, vous les jugez mauvais par la suite.

Je démarre en souplesse et fonce au bout du chemin
des Arbousiers, lequel donne dans celui des Lentisques
qui, nul d'en ignore au Cap d'Antibes, débouche sur
l'avenue des Frères Roubignoles.

Donc, je vire à droite, puis à droite et encore à droite
sans ralentir l'allure, conducteur consommé, te répété-
je, et consommé en toute priorité par les dames,
lesquelles me commencent immanquablement par la
tige. Si tu suis mon texte à la lettre, tu es en train de te
dire : « S'il tourne encore une fois à droite, ce grand
con, il va revenir à son point de départ. » Eh bien non,
rassure-toi, Bazu. Au lieu de, j'opère une manœuvre,
au beau mitan de l'avenue des Frères Roubignoles,
qu'ensuite de laquelle, comme l'écrit avec ferveur
M. Canuet dans ses mémoires dont, si la mienne est
exacte, le héros s'appelle Cadichon, qu'en suite de
laquelle, me crois-je obligé de reprendre, soucieux de
ne pas laisser s'égarer un lecteur dont je sais toute la
faiblesse d'esprit, qu'en suite de laquelle, donc, je
renquille à rebrousse-poil, le chemin des Lentisques et
me dirige rapidos jusqu'à celui des Arbousiers, parvenu
à l'angle duquel, je freine atrocement. Mais les cris de
freins désespérés sont les crics les plus beaux.

J'ai débouclé ma portière avant de stopper. Elle
s'ouvre en très grand, spontanément, à mon coup de
patin. Je m'arrache en trombe de ma tire pour sauter sur
le paletot d'un gusman planté à l'angle de la rue, sur sa
moto arrêtée, dos tourné à ma pomme car il paraît
scruter le chemin des Arbousiers. J'avais enregistré le
personnage en passant, il y a un bout d'instant et ce qui
m'avait surprisi (j'ai bien écrit surprisi, pour renforcer le

sens du mot) c'était la paire de lunettes d'approche pendant sur son blouson de cuir noir. Mon œil de faucon avait enregistré, à ma sortie de chez les Lainfame, le geste brusque du tocycliste pour laisser tomber les jumelles. Il se tient sous un petit pin de Régine dont l'ombre modeste suffit à le rendre anonyme. Moi, imperturbable, je lui ai passé devant sans le regarder. Mais dis : oh ! hein ? Bon ! D'où ma rapide manœuvre à laquelle la révérende Pine n'a rien entravé. Et je cramponne le gus par-derrière, ce qui est incommode, because la moitié de motocycle qui lui sert de traîne. Le cuir du blouson me glisse des mains, parce que le mec a une ruade des épaules, comme dit Béru. Il file un coup de botte dans son démarreur. Sa péteuse vrombit et malaxe la paix de ce coin aimable. Comme je me rapproche pour réassurer ma prise, il me file un coup de boule. Or, il est resté casqué, le gredin. Je déguste sa mappemonde dans les badigoinsses, ce qui me fait étinceler la Grande Ourse. Pourtant, mon action en force aurait pu, aurait dû payer, comme elle a payé, tantôt, avec le client de la mère Lainfame. La foirade vient du bolide qu'il a entre les jambes, que veux-tu, Ninette ! On ne peut pas réussir tout ce qu'on entreprend.

L'engin bondit et me file sous le blair. Illico, je me rabats sur ma guinde. Hop ! En selle, Antoine ! Mon démarrage clôt la porte que mon freinage avait ouverte. J'appuie tout ce que ça peut. A l'extrémité de la rue, le futard vire à gauche dans l'avenue. Il met plein gaz en direction du port. On arrive à la boutique où l'on vend de l'huile d'olive. Tout de suite après, il y a un feu rouge. Mais, tu peux te le carrer au fion pour t'en faire des hémorroïdes de cérémonie ! Vzoum ! Vzoum ! Nous passons. La circulation est inexistante à cette heure avancée. Le gus bombe à la rencontre de la place Charles-de-Gaulle, mais il oblique à droite avant qu'elle ne l'ait rejoint. Il réveille tout un quartier d'autochtones pour gagner le port. Et il le gagne ! Bravo, ça c'est de la chance ! Maintenant, il se prend le bord de mer. Cette fois, on joue « Poursuite Infernale ». La « Siesta » n'a pas le temps de nous voir déferler. Dans la ligne droite, je lui prends quelques mètres. Pinaud soupire :

— La mer au clair de lune, moi je trouve qu'il n'existe rien de plus beau.

Ses premières paroles depuis le début du rodéo. Un poète !

— Je t'offrirai un calendrier, promets-je, les dents serrées, ce qui ne facilite pas mon élocution, les yeux rivés au feu rouge du fuyard.

On se pointe à la hauteur de Marina Baise-des-Anges dont l'impressionnante architecture moderne fait l'orgueil du paysage.

Mon sang cogne à mon cerveau. Les giclées d'adrénaline se succèdent en moi, ravageant ma chère glande médullo-surrénale. « Je dois l'avoir ! Je dois l'avoir ! Le doit, l'avoir ! Le doigt lavoir ! » m'exhorté-je indiciblement. Tout n'est pas cirrhose, dans la vie, comme le dit si justement mon chosefrère Bukowski.

Le bolide du mec mérite chiément ce qualificatif. On est à plus de deux cents dans Cagnes-sur-Mer. Les voitures que nous dépassons embardent sous l'effet du double déplacement d'air que nous créons. Le gonzier a décidé de radier les feux rouges de ses préoccupations, cette nuit. Jusque-là, la chose n'est point trop périlleuse puisque nous longeons la mer et que, quelque piéton excepté, rien ne peut surgir de notre droite. Or, comme nous allons en finir avec Cagnes, au dernier feu un bonhomme s'engage sur le passage dit protégé, en poussant sa vieille maman impotente dans une invraisemblable carriole qu'il a dû confectionner lui-même avec des roues de vélo et une corbeille à linge. Décidément, nous sommes placés sous le signe du fauteuil à roulettes !

Le tocycliste oblique à droite, pour leur passer par-derrière ; mais le bonhomme a pris peur, quand il a compris que l'engin ne stopperait pas, et il a voulu, au même instant, regagner le trottoir. L'impact est inévitable. Donc, inévité ! Cela produit peu de bruit. Simplement la carriole disparaît. La moto déséquilibrée louvoie, comme à un conseil des ministres de Louis Quatorze. Elle écrit 88 881 sur la chaussée. Le 1 terminant le nombre est fatal à notre mateur car il lui fait traverser toute la route et emplâtrer un camion de déménagement néerlandais qui survenait de Nice pour regagner ses polders à la con. Alors cette fois, oui, ça badaboume vilain. La moto explose en une gerbe de feu. Le motard volplane, en flammes lui aussi, illico, et c'est très surprenant, cet instantanéisme du feu.

Il atterrit sur le macadam, la frite la première et s'y immobilise, les bras en « V », avec ses jambes qui crament.

Est-il besoin de te préciser, sombre ganache, que j'ai pilé à mort au moment de l'accident, suis parvenu à maîtriser ma caisse et à la ranger sur le trottoir ?

Je me précipite vers le tocycliste. Au volume de son casque, je comprends que tout espoir de pouvoir discuter les cours de la Bourse avec lui est à jamais perdu. Il est réduit de moitié, le beau casque noir à bande médiane jaune. Une casserole, mon pote ! Cabossée ! Pour retirer sa tronche de là-dedans, Ernest, faudra d'abord trancher son cou et évider avec une cuiller à sorbet.

J'ôte ma veste pour éteindre le feu qui consume le bas de sa carcasse. Chez nous, on a des avantages, mais ce qui nous ruine, ce sont les faux frais ! Va te faire rembourser un costar sous prétexte qu'il t'a servi à éteindre un mec non ignifugé, toi ! Le camionneur batave installe son triangle de panne en vociférant des trucs que seulement treize millions de personnes peuvent comprendre en ce monde puisqu'il jacte le néerlandais.

Pinaud, belle âme, s'occupe, quant à lui, d'assister le *signor* Simadépanzani, lequel cherche sa vieille maman en bieurlant comme un sauvage.

Avant l'arrivée du trèpe, je fouille les poches à fermeture Eclair du mort. Lui engourdis son permis de conduire et remets le reste en place.

Des gens, déjà, s'empressent. La circulation se bloque. La foule grossit, ronronne. Je m'en dégage.

Pinuche me rejoint dix minutes plus tard à la bagnole. Il paraît content.

— La vieille dame est indemne, annonce-t-il, triomphalement, comme si le miracle lui était dû ; tu parles d'une chance ! Elle est allée valser sur un tas de vieux pneus, en contrebas de la route. Son fils tient une friterie ambulante, il fait également la pizza et le pan bagnat.

Il se tait et me tend un objet noir.

— Tiens, j'ai trouvé ça, en même temps que Mme Simadépanzani mère ; je crois que c'est les jumelles du motocycliste. Regarde par le petit bout : elles sont à infrarouge et permettent de voir dans l'obscurité. Comment va notre homme ?

— Mort. Il s'est fracassé le crâne.

— Tu penses, à l'allure où il allait ! M. Simadépanzani est vannier dans la morte saison.

— Ça lui permet de toujours mettre la main au panier, ne puis-je me retenir de proférer, conservant malgré moi, l'humour constamment en éveil.

— Il m'a invité à aller chasser à courre l'automne prochain dans son manoir de Sologne, reprend Pinuche en extrayant une carte gravée de sa poche.

Il la lit à la loupiote du plafonnier.

— Château de La Roche-Sirupeuse, il possède huit cents hectares de forêt, là-bas.

— Dis donc, la frite nourrit son homme.

— Il faut croire. Alors, que faisons-nous ?

J'examine le permis de conduire du mort. Curieux d'avoir coursé un type dont pas un instant je n'ai aperçu le visage et de le découvrir une fois qu'il s'est tué, à travers la méchante photo d'identité d'un document banal.

Je vois un gars jeune, mais il y a peut-être longtemps qu'il a passé son permis. Attends, je vérifie : six piges. Donc, il a trente-deux ans. Une gueule plutôt énergique, à cause des crins taillés court, une moustache de don Juan de flippers, un regard hardi, voire insolent, une balafre au menton. Son nom ? Georges Foutre. L'adresse indique : 6, rue de l'Amadouade, Nice.

Je mate l'effervescence qui s'accroît autour de l'accident. Le grand ahuri hollandais gesticule dans la lumière de ses phares, tâchant à expliquer les circonstances du drame. Sur l'immense camion blanc, des caractères noirs annoncent l'entreprise Van CHIASSEN d'Amsterdam.

— Bon, allons-y, soupiré-je.

— Où cela ? bêle César.

— Nice.

— Nous ne rentrons pas à Paris ?

— Non.

— Te dirais-je que je n'en suis pas mécontent ? murmure ma petite tête de litote (j'écris litote, compte tenu de sa réplique).

— Pourquoi, vieux biquet ?

— Ton affaire me captive.

Tiens, c'est « mon » affaire. Oui, au fond : n'ai-je

point été l'amant de Maryse Lainfame ? N'aspiré-je
point à devenir celui du juge Favret ?

Bon, il reste que je vais devoir faire mon affaire de
« mon » affaire.

AVERTISSEMENT

Un pigeon à la noix roucoule comme un sac de noix crevé sur la corniche du *Négresco,* à quinze centimètres de ma fenêtre. Roucoule pour lui tout seul, sans la moindre intention lubrique. Furax, je me lève pour l'envoyer à mon ami Dache, mais quand je l'aperçois, tout blanc, avec la queue en éventail, les pattes roses et l'œil attentif, je me contente de lui sourire.

— Alors, vieux colombin, ça boume ?

Il reprend ses roulades, on dirait qu'il a l'accent du Midi. Je mate l'heure : huit plombes. Repu de sommeil, je réclame un café au lait complet. Bâille. Décroche le bigophone pour appeler Félicie, lui expliquer où je me trouve et qu'il fait un temps du tonnerre. Le ciel est bleu, la mer est verte, j'ai laissé la fenêtre ouverte. C'est Maria, notre soubrette portugaise qui répond. M'man est allée conduire Toinet à l'école. Excepté le calcul, ça flambe pour sa pomme, à notre chérubin. Additions, soustractions, la carburation se faisait bien, où la situasse a commencé de se détériorer, c'est aux multiplications, le pauvret. Et alors, les divisions, merci bien : une pure calamitas ; la grande foirade incontrôlée. Moi aussi, les chiffres me font chier. J'ignore toujours par quel bout les prendre, ni quel langage leur faire parler. Antoine bis, il se rattrape sur le français, la lecture, la

poésie, la géo, l'histoire ; Henry IV, Napoléon, de
Gaulle, tout le chenil. Il sait pas très bien l'ordre
chronologique, mais, merde, hein ? Tu le sais, tézigue,
lequel a régné le premier, d'Anchois Pommier ou de
Louis XV ? Alors, sois gentil : écrase ! Maria qui s'en
ressent pour moi me tient la jambe, à me raconter mille
et deux conneries du trou de son cru. C'est toujours les
gens qui parlent mal votre langue qui ont le plus de
choses futiles à vous bonnir.

Je me dépêtre de l'ancillaire pour claper mes crois-
sants chauds qu'un serveur souriant vient de m'apporter.

Je passe en revue les dernières péripéties : la séance
chez les parents Lainfame, la course-poursuite tra-
gique...

Je reprends pour appeler le juge Favret à son
domicile. Huit heures dix, il doit être encore en train de
se laver la chatte, le juge, non ?

Hélène décroche et sa voix imperturbable, froide et
soucieuse répond « Allô » dès la deuxième réplique de
la sonnerie.

— Toujours moi, San-Antonio, juge. Simplement
pour vous dire que malgré l'entrée en piste de mon
confrère Quibezzoli les événements continuent d'aller
bon train. Si vous devez chaque fois lancer une commission rogatoire pour recueillir mon témoignage, vous
n'aurez bientôt plus le temps d'emmener pisser Médor.
Votre hostilité à mon égard vous fait perdre un temps
précieux. A preuve : vous n'avez pas encore reçu le
rapport des copains niçois. Les postes étant ce qu'elles
sont, vous ne le recevrez pas avant deux jours, alors que
mon intention était de vous mettre au courant, hier !
Laissez-moi au moins vous affranchir de deux choses
essentielles : Mme Michel Lainfame est bien vivante, sa
belle-mère l'a vue avant hier ; d'autre part, une bande
de rigolos avaient établi une traque chez les parents de

Lainfame ; traque qui a failli porter ses fruits. Je
continue ou vous raccrochez ?

La donzelle déclare d'un ton froid comme un reste de
mayonnaise dans le rayon du haut de ton réfrigérateur :

— Vous n'avez aucune qualité pour conduire une
enquête dans une affaire où vous figurez en qualité de
témoin, monsieur le commissaire ; si vous ne vous en
dessaisissez pas immédiatement, je réclamerai des sanctions contre vous.

— Hélène, soupiré-je, je crois bien que je t'aime,
c'est ta garcerie qui m'excite.

Et je raccroche avant elle.

D'un poil !

La rue de l'Amadouade est située non loin de la place
Masséna, dans le vieux quartier. Le 6 est accroché à un
immeuble début de siècle, garni de rémoulades, moulures, zizis divers. Il s'agit d'une petite maison à un seul
étage, agrémentée d'un perron de marbre ébréché. Une
plaque noire grande comme le tableau d'affichage du
Parc des Princes annonce en caractères d'or, réalisés en
creux, siouplaît :

Jean Foutré
Banque Privée de Sperme.
Ouvert de 9 à 12 h et de 14 à 16 h.

Comme il est un peu plus de 9 plombes, je grimpe les
quatre marches marmoréennes et j'entre sans sonner,
ainsi que le conseille une deuxième plaque, minuscule et
humblement émaillée celle-là, vissée sous le pommeau
de la porte.

Le local où je débarque évoque un dispensaire de
sous-préfecture. Murs peints en vert clair, comptoir de
bois vernis au-delà duquel, une vieille personne en
blouse blanche s'active derrière un bureau sur des fiches
calligraphiées en ronde noble, retirées d'un classeur qui

ouvre tout grand la gueule pour les happer au plus vite (1).

La personne en question est affligée d'une protubérance au bas de la joue droite consécutive soit à une chique, soit à une fluxion dentaire, soit encore à une simple excroissance de chair. Elle a cet air résigné des gens qui ont toujours été laids, l'ont toujours su et n'en ont jamais voulu à personne de cette infortune.

Je la salue avec la gentillesse qui est de mise dans ce cas précis et qui relève de la plus élémentaire charité chrétienne.

Elle me considère sans appréhension, ni pitié ; sans antipathie ni sympathie ; sans esprit critique ni bienveillance ; sans tambour ni trompette, mais avec la calme placidité de la vache normande qui, en sa grasse prairie, regarde passer l'express de 10 heures 25 en direction de Rouen.

— Vous venez pour une émission, je suppose ? s'informe-t-elle avec déjà de l'indifférence pour la réponse que je vais formuler, quelle que soit celle-ci.

— C'est-à-dire...

— Voici nos barèmes, ajoute la personne, ayant considéré mon « c'est-à-dire » comme étant une affirmation franche et massive.

Elle me tend un imprimé. Je lis :

Jean FOUTRE
Banque Privée de Sperme
Tarifs consentis aux donneurs :
Adulte de 18 à 35 ans, l'émission 50 F.
Adulte de 35 à 50 ans, l'émission 30 F.
Adulte de 50 à 70 ans, l'émission 5 F.

(1) Phrase sotte, beaucoup trop longue à mon goût, mais dans laquelle tu peux biffer à loisir, ma prose étant à la pleine disposition de qui l'achète.

Nota : Au-dessus de 70 ans, la banque n'accepte plus les produits.
Nous tenons à préciser que la personne qui procède au collectage de la semence est rémunérée au pourboire, merci pour elle.

La Direction.

La dame fluxionnée paraît m'avoir oublié, le temps de mon édifiante lecture. Pourtant, il n'en est rien.

— Voici une fiche à remplir, dit-elle en me présentant un bristol.

Je prends rapidement connaissance de ce second document tout aussi intéressant que le premier.

Nom : ...
Prénom : ...
Age (pièce d'identité à l'appui) : ...
Adresse : ...
Jure sur l'honneur de n'être atteint d'aucune maladie vénérienne et renonce à tout droit de suite concernant son émission qui deviendra propriété absolue de la Banque Jean Foutré.

Le Donneur : ...

Amusé, et soucieux de pousser l'expérience, je remplis le formulaire, le signe et le rends à la dame. Elle y jette un pauvre œil dépourvu d'intérêt. Les gens résignés ne sont pas emmerdants, mais ils pèchent par un gros excès d'indifférence, nuisible aux rapports humains.

D'un geste las, elle presse un bouton blanc logé au centre d'une coquille de bois qui ressemble à un excrément canin comme toi au duc de Bordeaux.

Assez rapidement, une forte fille qui me dépasse de la tête surgit d'un rideau de perles comme on n'en voit plus qu'en pays du Sud.

Elle aussi porte une blouse blanche et paraît peu vêtue en dessous.

Elle est blonde par caprice, dodue par gourmandise, durement maquillée par nécessité professionnelle. Elle a le regard un tantisoit salingue et qui proémine comme chez les batraciens en état d'alerte.

— Si vous voudrez bien passer dans la cabine ! m'invite l'arrivante avec un accent pied-noir qui n'est pas près de s'estomper.

Je la suis. Nous longeons, à la queue (de toute beauté) leu leu, un vestibule sobrement orné d'un éventail espagnol sur lequel est écrit « Sevilla » en superbes caractères dorés. Au bout dudit, deux portes : l'une marquée « Laboratoire », l'autre « Cabine d'épanchement ».

La grande jument aux yeux de grenouille peureuse me fait franchir le seuil de celle-ci. L'endroit comporte un guéridon métallique servant de support à un appareil de projection, un écran de cinoche à enrouloir, un siège de cuir, un pouf bas et une console chargée de flacons stériles.

— Assoyez-vous, me propose gentiment la cavale.

Elle va quérir un récipient de verre, le débouche et me le tend :

— Faudra que ça va se passer là-dedans, m'indique-t-elle. Est-ce que vous aimerez rester seul, ou bien faut-il est-ce que je vous assiste ?

— En quoi consiste votre « assistance », chère madame ? m'enquiers-je.

Elle me sermonne du doigt, sourit en femme compréhensive qui sait l'essentiel des choses de la vie.

— Je vous projette des diapos suggestives, pour vous mettre en condition. Au besoin, parce que vous m'avez l'air de quéqu'un de bien, je peux déboutonner ma blouse, si vous promettez bien sûr que vous allez pas toucher ; mais ça, c'est très exceptionnel.

— Votre seconde proposition me paraît, de loin préférable, dis-je. Je n'aime l'abstrait qu'en peinture, et encore suis-je sensible à certaines œuvres hyperréalistes.

La grande haquenée (plus tellement juvénile), me refait sottement ce geste de l'index dont la traduction en langage cohérent serait « vilain petit garnement qui voudrait me voir faire des folies, pour qui me prenez-vous-t-il ? ».

Mais le sourire que je lui décoche est suave comme du Mozart sur chlorure de vinyle.

Elle soupire de consentement librement ajusté, déboutonne sa blouse et me produit un devant de dame qui eût intéressé Toulouse-Lautrec. Les seins sont volumineux et point trop flasques, quoiqu'un peu chutants ; le ventre est bressan ; les cuisses fortes, bien ajustées et ferment aussi hermétiquement que la porte d'un bathyscaphe ; la toison est franc-maçonne, d'une luxuriance étourdissante, et d'un brun bleuté qui rend anachronique la chevelure blonde de celle qui en est positivement vêtue.

— Voilà, dit-elle.

La simplicité de l'exposé me touche inexplicablement. Il y a une certaine humilité dans ce « voilà », quelque chose d'indéfinissable qui ressemble à un mot d'excuse.

— Merci, réponds-je avec le savoir-vivre que tu me sais.

Je regarde, le tableautin est saugrenu, donc plaisant pour un garçon comme moi épris de baroquineries. Cette dondon encore fraîche, appétissante ma foi, au garde-à-moi dans une semi-nudité, me fait songer à une grosse petite fille empotée.

— Vous ne vous mettez pas en action ? s'étonne-t-elle.

— J'incube, lui dis-je.

Et j'ajoute, cette phrase qui a failli devenir le titre de

ce livre, mais comme j'en ai trouvé un meilleur, tant pis pour elle :

— Tu sais que t'es belle, dans ton genre ?

La conscience professionnelle reprend le dessus chez elle.

— Ah ! écoutez, je vous en prille, c'est sérieux, fait-elle.

Elle me rappelle des gentilles radasses de mon adolescence, la mère. Une, entre autres, qu'on allait s'embourber, en sortant du lycée, avec des potes, moyennant des « petits cadeaux » de misère. Alice, elle s'appelait. Sa viande sentait bon la charcuterie fine et l'eau de Cologne bon marché. Carambolage express sur des coins de plumard.

« Attention au couvre-lit ! elle gueulait, le torchon a glissé. » Son couvre-lit de satin bleu des mers du Sud, à motifs de flamants roses, elle en était plus fière que de ses miches, la rose Alice. Depuis, elle s'est mariée à un type des pététés très gentil ; ils ont fait un gosse et acheté une caravane. J'espère que dans longtemps, elle ira au paradis, elle le mérite haut le cul !

Ma déclaration trouble « l'assistante » de la Banque Jean Foutré. Note qu'elle doit avoir l'habitude d'être entreprise par les « donneurs ». Ma modestie volontiers mise à part, il semblerait que je lui fasse de l'effet.

Au lieu de débloquer, je lui souris tendrement. Et puis mes deux mains vont à elle comme à la cruche d'eau fraîche, celles du déshydraté. Je les glisse sous la blouse.

— Mais qu'est-ce vous faisez ? Qu'est-ce vous faisez donc ? dit-elle, avec, tu en conviendras, une certaine hypocrisie, car si vraiment elle ignore ce que je lui fais, du coup je n'aurai aucun mal à passer pour Philippe d'Edimbourg le soir où j'irai me balader rue Sainte-Anne.

En guise de réponse, je la rapproche de moi. Il est très difficile, sauf à des frères siamois, de prendre simultanément les deux bouts de seins d'une dame dans sa bouche, aussi dois-je agir alternativement, mais avec une fréquence tellement étudiée qu'elle me croit bicéphale au bout de très peu de temps.

Alors, d'elle-même, elle m'acalifourchonne, m'extrapole, me dépopaule, m'engouffre, me chevauche.

Et tu vas voir, le combien est édifiant l'esprit professionnel de cette remarquable assistante, tout en s'activant à choper son panard joli, elle parvient à articuler le conseil suivant :

— Surtout, contenez-vous, sinon vous perdriez cinquante francs !

Ah ! la digne personne ! Ah ! la charmante ! Honneur, gloire à elle, si altruiste au plus fort de la fougue charnelle ! Et cette double délicatesse de ne point vouloir me faire perdre le bénéfice de ma production intime et de me laisser accroire qu'elle me situe sous la barre des trente-cinq ans puisqu'elle me parle du tarif maximal !

Exquise luronne, cuissue à plaisir, culue, poilue et si ardente. Brave et émérite amazone ! Cavale cavalante ! Je l'aime, l'espace d'une passe. En grande vigueur, je la soulève, lui fais exécuter un tour de manège sans désarçonner. Elle est renversée en arrière. Elle écrie des choses gentilles, approbatives avant tout. Complimenteuses, appréciatives, comme quoi, « oui, oui, oh ! oui, c'est bien, encore, bravo, tu me rends folle, tu me régales, t'es le surhomme, t'es beau, t'es fort, t'es monté, démonté, tu hardes, tu triques, tu briques, tu mets tout, tu sens bon, je te sens bien, je t'aimheû, je te veux, ras bord, complet, à fond, doucement, t'as une bite en fer, en os, en or, en acier, en délire, je vais partir, retiens-toi, moi toute seule, pense à tes cinquante balles, attention dans le fion c'est plus bon, ah ! que c'est inouï, ah ! rrrr, grrrr, oh ! là, vvvvouiiiiiii. »

Terminé.

Elle reste un long moment agrippée telle Agrippine à mon épée de feu, comme l'écrit si splendidement la pointe (Bic de) Duras, dans je sais plus quoi, mais c'était rudement beau.

Je me rassois doucement, toujours sans la départir de mon appareil à saillir. Elle tient ses bras serrés autour de mon cou, dolente, contente que je ne la foute pas par terre, comme le ferait n'importe qui, car tout homme venant de jouir passe de l'état de soupirant à celui de butor fieffé. Le mâle qui s'est débigorné le sagittaire n'a plus qu'une idée en tête : se récupérer et se garder pour lui jusqu'à ce que l'instinct du cul le rebiche. Il dégage la piste à toute vibure, qu'à peine la partenaire chérie a le temps de comprendre, zoup ! bye bye, connasse ! Les belles manières se perdent, se sont perdues, corps (surtout) et biens. Oh ! étalon cruel, si rampant avant, et si vite reculotté après ! Que la honte t'empare, toi qui si promptement désassièges ce que tu as eu parfois tant de peine à investir. La vie appartient à ceux qui savent marcher vite, mais s'attarder. A bon tendeur, salut !

— Je crois, murmure timidement cette femme de bien, je crois que vous n'avez pas pu vous contrôler.

— Madame, lui rétorqué-je, il ne s'agit pas d'un abandon, mais d'un don librement consenti. Acceptez-en l'hommage et veuillez agréer l'expression de mes sentiments particuliers.

Elle me donne un baiser, un très joli, presque chaste.

— Vous savez, fait-elle, il ne faudrait pas penser que je suis costumière de la chose. Excepté le manchot qui vient tous les vendredis, jamais je ne touche ou me laisse toucher par un fournisseur.

— Je n'en apprécie que mieux l'exception que vous avez bien voulu consentir en ma faveur, douce amie.

— D'ailleurs, mon mari n'aimerait pas ça, dit-elle.

— Quel époux, sinon animé de bas instincts, apprécierait ce genre de démonstration ! appuyé-je.

— C'est une chance qu'il ne soit pas là ce matin, reprend-elle.

— Parce qu'il travaille à la banque ?

— Je suis madame Jean Foutré, et c'est maman qui est à la caisse.

— Affaire artisanale, en somme ?

— On s'est reconvertis quand nous avons été chassés d'Algérie, je venais juste de me marier... Ma vie a été terriblement changée...

— Comme pour tant et tant de pieds-noirs, compatis-je.

— Elle a surtout été changée parce que, depuis que nous avons monté cette banque, mon mari n'accomplit pratiquement plus ses devoirs d'époux.

— Le souci des affaires qui le mobilise ?

— Non : son radinisme. Si je vous disais qu'il est devenu notre premier fournisseur. Vous pensez : un coït qui vaut trente francs, il n'entend pas le laisser perdre. D'ailleurs il exagère ; c'est une nature, je veux bien, mais trois masturbations par jour, ça finit par ruiner sa santé.

En soupirant, elle me déventouse l'ostrogoth à crinière et va se déterger le terrier à pafs au labo.

Elle revient peu après, la blouse refermée et les yeux soulignés de contentement organique.

— Donc, M. Jean Foutré est absent ? attaqué-je, car je ne suis pas seulement ici pour tringler la banquière.

— Il est allé à la morgue reconnaître le corps de son neveu qui s'est tué cette nuit en moto.

Marrant, non ? C'est elle qui me vient au-devant de l'enquête.

— Si j'avais pu penser que vous étiez en deuil...

Je prends l'air hypocrite d'un hippocampe hypocondriaque.

Ma chevaucheuse hoche la tête et dit cette belle

parole qu'elle a dû lire dans un article de Jean-François
Revel, c'est pas possible autrement :

— Y a des morts qu'engendrent pas le deuil !

Et ce sur un ton, mon général ! Tu parles d'un horizon
funèbre ! Dans les bleus oraisons !

— Oh ! oh ! fais-je, mine de rien, je crois que voilà un
garçon qui laissera fort peu de regrets.

— Un voyou pareil !

— A ce point ?

— Pire !

— Par exemple ?

— Prison !

— Non ?

— Si, deux fois.

— Vol ?

— Pire !

— Meurtre ?

— Presque !

Elle rêvasse.

— Y a une justice puisqu'il est mort, dit-elle durement.

— Vous ne le fréquentiez plus ?

— Depuis longtemps. Sauf mon mari qu'obstinait à le
rencontrer, sous prétesque qu'il était le fils à sa sœur
défunte. Au début on le faisait travailler ici. Il produi-
sait beaucoup : trois ou quatre émissions par jour, et de
bonne qualité, il était très demandé par des gens qui
sont revenus à la décharge pour en ravoir.

— Ses enfants étaient particulièrement beaux ?

— Comment ça, ses enfants ?

— Eh bien, compte tenu du produit que vous vendez,
je croyais…

— Quelle idée ! On a une clientèle privée, étant une
banque privée. Nos clients sont des amateurs un peu
spéciaux, comprenez-vous ? Très spéciaux, même. Ce
qu'ils font de nos fournitures, on en a rien à branler.

— Ah! bon, je comprends. Ou plutôt n'ose.

Femme de sentences, elle proclame que c'est la vie, et comme elle a raison de remiser dans ce large dossier, toutes les désactions, les dépravations, les bizarreries de l'homme.

Je lui flatte encore les meules, nonchalamment. Elle apprécie, me sourit triste.

— Je suis navrée pour vos cinquante francs, soupire-t-elle. Voulez-vous qu'on fasse un essai, pour si des fois vous auriez récupérationné?

— Non, non, m'hâté-je, vous savez, c'est un peu comme au casino : il faut savoir perdre sa mise. A propos de votre défunt neveu, où votre époux le rencontrait-il?

— A son bar habituel, près du port : le *Chapeau Pointu*; mais ça ne me disait guère car c'est un endroit mal affamé. Heureusement, il y allait des plus peu.

Lesté de ce renseignement et délesté du reste, je prends congé de la personne, qui me dit se prénommer Ginette, ce que je n'osais espérer. Une langue fourrée cosaque, une main au médius farceur, un sourire franc et massif, c'est une véritable amie que je quitte, sur promesse expresse que nous nous reverrons, mes frères, car ce n'est qu'un au revoi…oi…oir.

PRÉAMBULE

Je retourne au *Négresco* dont le jeune chef, Maximin, est le meilleur des Alpes-Maritimes, du Var, des Alpes-de-Haute-Provence, et ainsi de suite en remontant jusqu'au Cap-Nord où les harengs ne sont même pas de la Baltique, et je retiens une table pour le déjeuner, bien persuadé qu'il convient de toujours joindre l'agréable à l'inutile, et que si mes salades niçoises n'aboutissent pas, mon voyage aura du moins débouché sur un repas de qualité. Je continue de garder en état de rogne sombre la silhouette du juge Favret, cette veuve insalope, crucifiée dans sa douleur où elle marine comme un piment thaïlandais dans de l'huile d'olive. Le renoncement se profile à l'horizon. Qu'importe, je suis fortement décidé à lui donner une leçon (en anglais : lesson ; et à Evry : l'Essonne). Si je débrouille cet écheveau, je cloquerai les résultats à un de mes potes de la grande presse qui en fera ses feuilles de choux gras, quitte à subir de hautes sanctions administratives, comme on dit puis. Mais la petite Hélène, fée du souvenir éternel, saura de quel bois se chauffe le réputé Santantonio.

Baderne-Baderne est résidué dans un noble fauteuil du hall, m'attendant, le chapeau abaissé jusqu'à l'arête du nez, le mégot-cloporte collé à une commissure de la bouche, les mains croisées sur le vide de sa braguette, pareilles à une vieille paire de gants en laine grise abandonnée.

J'émets ce léger bruit, mi-sifflement, mi-trille, que seul un ornithologue compétent pourrait identifier, mais que mes proches reconnaissent bien et qui vient les chercher au plus fort des foules, embarras de voitures, voire même embarras gastriques.

La Vieillasse tressaille, relève le bord de son immortel bada, ramène de la langue son clope au milieu de sa bouche et me bêle un sourire radieux comme l'abbé Désange.

— Je commençais à m'inquiéter, dit le Fossile avec un aplomb qui ne manque pas de fil.

— C'est ce que je vois, fais-je. Viens, vieille loque, je t'offre l'apéritif sur le port.

Ce sont là des mots qui lui remonteraient le moral s'il en était besoin. La Pine passe quatre doigts entre le bord douteux de sa chemise et son cou plissé, comme si sa limouille lui comprimait la pomme d'Adam ; il s'agit d'un tic car il porte des limaces trop grandes d'au moins quatre tailles.

L'air est limpide comme le livre de comptes officiel d'un usurier. La mer fait du zèle et si tu veux bien monter sur un banc, tu apercevras les côtes de Corse sur la gauche. On se sent léger, serein. Mon passage dans la cabine de la Banque Jean Foutré m'a rendu joyeux. Je vis un instant tonique qui me propose un futur envisageable. Je largue, pour un laps de temps béni, cette désagréable certitude d'être provisoire, vain et putrescible. Je me prends même à siffloter au volant de ma chignole, en longeant la Promenade des Rosbifs, si pimpante, si unique, si radieuse.

Comme le ciel est avec nous, je trouve une superbe place pour mon automobile. Un vieux pêcheur occupé à ravauder les filets pour le compte du syndicat d'initiative, m'apprend, entre deux coups de Nikon, où se

trouve le *Chapeau Pointu*. A deux cents mètres linéaires
de là, dans une petite rue pentue, entre un poissonnier
et un bureau de « recette auxiliaire » désaffectée des
P.T.T. (en français pet tété).

C'est le bar du Midi classique, exigu et en longueur.
Un comptoir à l'entrée et quatre tables dans le fond. Un
électrophone diffuse des airs corses. Ça sent le pastis.
On y parle haut. Derrière le rade, le taulier-barman, en
bras de chemise, très brun, avec des lunettes. Ses avant-
bras comportent d'excellents tatouages dont le plus
éloquent représente Napoléon Bonaparte devant les
pyramides d'Egypte, avec, en médaillon, Mme Napoléon
Bonaparte, née Marie Josèphe Rose Tascher de La
Pagerie. C'est ce bras historique qui nous sert le pastis.
Quelques personnages qui discutaient au bar ont baissé
la voix à notre entrée, mais la converse reprend. Il est
question du décès dramatique de Georges Foutré. Un
petit homme gros, frisé gris, avec un nez large comme le
pied d'une commode anglaise et des sourcils trop bruns
pour ses tifs poivre et sel, raconte l'accident, tel qu'il lui
a été rapporté par mes excellents camarades de *Nice-
Matin*. Les commentaires vont bon train, comme disait
un chef de gare de mes relations.

Les pastis étant petits, nous en éclusons plusieurs.
Deux des quatre tables seulement sont occupées. L'une
par une jouvencelle d'une quatorzaine d'années, genre
boudin irrémédiable, qui accomplit ses devoirs tout en
écoutant sa propre musique à l'aide d'un de ces appa-
reils à casque qui font tant pour l'isolement de l'individu
au sein de la société.

A l'autre table, est un couple. Mais pas un couple
d'amoureux : un couple de pleureurs. L'homme est
maigre, grand, jaunasse. La femme, petite brunette sans
grande signification collective. Ils chialent, face à face,
devant des verres vides. De temps à autre, ils se prêtent
un mouchoir pour se torcher la peine.

Et moi qui devine tout, je pressens d'emblée que le bonhomme jaunâtre n'est autre que M. Jean Foutré, de la célèbre banque du même nom.

Sorti de la morgue, il est venu sur les lieux que fréquentait son neveu bien-aimé. Pour y rencontrer qui ? Les souvenirs ou la brunette inconsistante ? Une ombre ou la réalité ?

J'hésite, réfléchis. Pinaud indique au taulier qu'il va devoir lui servir un nouveau gorgeon. Il tente de rallumer son clope, ne fait qu'accentuer la brèche roussâtre pratiquée dans sa moustache grise, tire une goulée avide, à vide, car le mégot est défunté pour toujours, mais il fait comme si tout était O.K. et prend l'air béat d'un sultan pompant son narguilé.

Un mignon cinoche se constitue sous ma coiffe. Je murmure au vioque :

— Attends-moi là, l'Ancêtre.

Et m'approche des pleureurs.

— Je vous demande pardon, je leur titille d'une voix en comparaison de laquelle, celle d'un ordonnateur des pompes funèbres générales passerait pour un disque de Coluche, je tenais à m'associer à votre douleur. Vous êtes monsieur Jean Foutré, je suppose ?

Le chialeur ferme les vannes de son chagrin pour écouter les miens. Il paraît étonné. Je l'affranchis à ma manière :

— Ce pauvre Georges m'a tellement parlé de vous que je vous ai reconnu d'entrée de jeu. Son oncle, c'était quelque chose.

Puis, me tournant vers la connasse :

— Et sur vous aussi, petite, il ne tarissait pas d'éloges.

Voilà, le bouchon est lancé, y a plus qu'à laisser filocher la situation. C'est simpliste, mais les meilleures recettes ne sont jamais sophistiquées. Une omelette se

fait toujours avec des œufs battus, une pincée de sel et
une noisette de beurre.

J'hoche la tête.

— Terrible, ce qui s'est passé, poursuis-je en prenant
place à leur table ; se planter sottement, à son âge.

— Il allait comme un fou, dit le branleur professionnel.

Quand je le vois, l'apôtre, je me réjouis intérieure-
ment d'avoir limé sa gerce. La pauvre bobonne, avec
une mannequin pareil, elle a droit à des compensations
surchoix.

— Qui c'est que vous êtes ? interroge la brunette
bovide.

Je feins un regard circulaire, style troisième coutelas
dans les films en noir et blanc, et baisse le ton.

— On ne se connaissait pas depuis lurette, Georges
et moi, mais nous deux, ç'avait fait tilt.

Elle semble s'animer un peu, sa connerie ambivalente
paraît même faire relâche un court instant.

— Je sais : vous êtes Freddo ? elle dit.

J'opine.

— Je vois qu'il vous a parlé de moi, lui aussi ? fais-je
d'un air attendri.

— Il disait que vous étiez petit, moi je vous trouve
grand, objecte la donzelle.

Je cligne de l'œil.

— Les pompes à talons truqués réparent les oublis de
la nature. Vous me permettez de vous offrir un remontant, m'sieur-dame ?

Ils permettent. La môme écluse un Campari, le
banquier se fait une anisette. On reste silencieux, à
macérer, eux dans leur peine, moi dans l'imbroglio (je
parle couramment l'italien).

Jean Foutré murmure :

— Monsieur Freddo, puisque vous étiez en affaires

ensemble et que vous lui portiez amitié, vous ne savez pas si Georges avait de l'argent à revenir ?

Ah ! le vieux requin ! Ah ! le grippe-artiche ! Le sale radin ! L'harpagon infâme ! Cupide, plus que Cupidon ! Ça se branle trois fois par jour pour arrondir ses revenus, et ça jaillit de son chagrin pour essayer d'happer des lambeaux de fric.

Dominant mon écœurement, je profite de l'embellie :

— Côté carbure, j'ignore où il en était, mademoiselle serait peut-être plus apte à répondre ?

Ainsi interpellée, la gosse hoche la tête.

— Vous savez, Georges me tenait pas au courant ; il avait davantage tendance à piquer ma comptée qu'à me parler de ses comptes à lui. Pourtant, je crois que M. Clément lui avait fait une fleur de cinq mille badigeons, j'ai vaguement cru comprendre, un soir qu'il téléphonait...

Le regard atone du branlé s'avive.

— Il va falloir s'occuper de tout ça, fait-il. Où peut-on joindre ce M. Clément ?

Il s'est adressé à moi. Je m'hermétise, ainsi qu'il est de règle dans les milieux du Milieu, feignant de n'avoir point entendu la question, pour lui éviter l'humiliation de n'y pas vouloir répondre.

Mais l'autre, flairant du grisbi dans le secteur se met à humer, comme toi quand tu renifles un civet de lièvre un peu trop nécrosé.

Alors il se tourne vers la gosse.

— Hein, ce M. Clément, on le trouve où est-ce ?

Elle hausse les épaules.

Oublieux de son grand chagrin, le père Foutré augmente ses décibels.

— Moi, je veux le rencontrer, cet homme. Je suis bien certain que Georges travaillait pour lui cette nuit, sinon y avait aucune raison qu'il roulasse à cette heure-là, non ? Votre M. Clément doit comprendre que ça

mérite quelques dédommagements, non? C'est quel
genre d'homme?

— Pas marrant, répond la brunette gaufrée.

— Ah! Ah! donc vous le connaissez! exclame Jean
Foutré.

Au lieu d'éluder, la gosse rengracie :

— Ben oui, je l'ai vu une fois ou deux.

— Et vous l'avez vu où est-ce cela? insiste le
charognard à triple émission quotidienne.

J'interviens :

— Hé, petite! Un peu de discrétion, s'il vous plaît!
C'est pas parce que Georges s'est fraisé qu'il faut
monter sur une estrade pour raconter sa vie professionnelle!

Ainsi rappelée à l'ordre, la gosse rougit et se tait.

Furieux, le banquier m'apostrophe en pivotant :

— Non, mais dites donc!

Je sens que l'instant est venu de trancher dans le vif.

— Vous, le marchand de foutre, un peu de décence,
please! Allez vous taper un rassis et oubliez-nous. Ma
parole, il est prêt à racler les fonds de cercueils, ce
corbaque!

Il veut protester, seulement je lui chope l'avant-bras
et le lui serre avec tant de vigueur qu'il blêmit, prend les
flubes et se tire.

— Sale coco, non? dis-je à la brunette.

— C'est un pingre, admet-elle.

— Et vous alliez le rancarder sur M. Clément! Je
vous le dis, môme : il n'aurait pas apprécié.

— C'est mon chagrin, je sais plus où j'en suis, plaide-
t-elle.

J'enchaîne :

— Ce qui me surprend, c'est que vous le connaissiez,
comment ça se fait?

— Avant-hier, Georges est allé le voir à son hôtel.
J'étais avec lui et j'ai attendu sur la moto, dehors.

Quand il a ressorti, M. Clément l'accompagnait. Il paraissait mauvais et discutait en s'agitant.

— Vous êtes certaine qu'il s'agissait de M. Clément ?

— Georges me l'a dit après.

— Hmmm, ça m'étonne. Il était comment ?

— Plutôt gros, genre libanais, avec un sonotone. Bien sapé.

— Oui, c'est lui, dis-je en chiquant au gars surpris. C'était à quel hôtel ?

— Ben, l'*Azur Grand Lux,* sur la Promenade.

— Pas d'erreur, c'est bien ça, admets-je avec aplomb.

Cette gosseline, comme poire, on trouve pas mieux, même à Rungis. Molle, je te dis que ça, fondante. Conne à bouffer de la bite, ce dont elle ne se prive d'ailleurs pas, puisqu'elle tapine.

— Vous faites quoi, là, tout de suite ? lui demandé-je.

— Rien, je sais pas. Faudra que je prenne mes affaires au studio parce que d'ici que le tonton fasse mettre les scellés.

— Venez, je vous emmène.

— Mais c'est à deux pas.

— On va les faire ensemble.

Je carme les consos au rade. Pinaud est à peu près bourré complet, encore deux pastagas et on ferme !

A la table voisine, la jeune adepte du walk-man (devenu walk-woman en l'occurrence) continue de chiader des maths tout en écoutant *Chagrin d'amour* à s'en fissurer les portugaises.

— Tu m'attends ici, Mathusalem, dis-je à César, et arrête de pinter, le pastaga, c'est pas ta longueur d'onde ; quand tu t'écartes du muscadet, tu flanelles des quilles. C'est pas le moment, on a école cet aprèm'.

On arpente le trottoir, la petite et moi.

— T'es d'où ? je lui questionne : pas d'ici assurément, t'as pas d'accent.

— Grenoble.

— Et la route Napoléon t'a conduite droit au ruban niçois ?

— Je voulais voir la mer.

— En fait t'es venue aux asperges ! C'était bien, la vie avec le gars Georges ?

— Il avait ses bons côtés...

— T'as des perspectives ?

— Non. C'est trop récent.

— Il te tenait au courant de son boulot ?

— Pas trop.

— Mais encore ?

Elle s'arrête d'arquer, me mate d'un œil qui entend reconsidérer l'existence, y découvrir des aspects positifs jusqu'alors ignorés.

— C'était un emporté, il supportait pas que je lui pose des questions.

— Par contre, quand tu ne mouftais pas, c'est lui qui jactait, non ?

— Ça lui arrivait.

— Il t'a parlé de notre histoire en cours ?

— Léger.

— Il t'en a dit quoi ?

— Pourquoi vous me demandez ça ?

— Pour savoir.

Je lui mets la main sur l'épaule, copain-copain, avec un peu de tendresse compatissante en sus.

— T'as rien à redouter de moi, ma gosse, j'espère que t'as confiance, sinon, dis-le.

Nouveau regard de biche indécise.

— Si, si : j'ai confiance.

— Il te racontait où on se retrouvait, lui et moi ?

— Ben, oui : à l'*Azur Grand Lux,* comme pour M. Clément.

— Et ce qu'on mijotait, il te l'a dit, oui ou pas ?

— Il m'a dit que vous étiez dans un coup fumant, la bande, ça oui.

— Dans quelle discipline ?

— Vous devez le savoir mieux que moi, non ? On dirait que vous m'interrogez pour apprendre !

Tiens, serait-elle moins gourdasse qu'elle n'y paraît, Ninette ?

— C'est pour vérifier ce que tu sais, comprends-tu ? On raffole de la discrétion, chez M. Clément.

— Je sais pas grand-chose, et de toute manière, je le dirais pas.

— Très bien, t'es choucarde ! Alors, explique-moi dans quelle branche on usine ?

Elle secoue la tête.

— Je l'ignore.

Plutôt sèchement, soudain. Aurait-elle des doutes ? Trouve-t-elle mon questionnaire anormal ?

Je n'insiste pas.

On est arrivés à son studio. Mot pompeux qui évoque un endroit délicat. En fait il s'agit d'une chambre pas joyce, avec les gogues sur le palier, un coin cuisine. Sous l'évier, il y a un bidet roulant. Un sommier drapé d'un couvre-lit en peluche orange, quelques meubles achetés dans un grand magasin pour bourses légères, des gravures découpées dans des magazines sont punaisées à la diable sur le papier flétri des cloisons ; tu mords le topo ? Sinistros. Un endroit à dormir, pas un endroit où vivre.

Elle biche une valtoche enquillée sur l'armoire. Tout ça ressemble à du Carné d'avant-guerre : « Fleur de Misère met les bouts », scène première.

Je me tiens à califourchon sur une chaise selon ma bonne habitude et la regarde se déplacer. Elle aurait dû rester à Grenoble, miss Paumée ; aller voir la mer de glace plutôt que la Grande Bleue.

— C'est quoi ton blase, déjà ? lui demandé-je.

— Michèle, mais on me dit Mimiche.

— Sympa...

Elle semble avoir oublié son deuil. Je la sens soucieuse.

— Tu vas aller où, commak ?

— Chez une copine.

— Et ensuite ?

— Ben, je continuerai de m'expliquer.

— Un autre julot va te maquer.

— Je ne sais pas.

— Moi, je sais. Pourquoi tu accélérerais pas dans le virage ? T'as de la family à Grenoble ?

— Mes vieux, mon frelot...

— Il fait quoi, ton dabe ?

— Il marne à la mairie.

— Une suppose que tu remontes les Alpes, Mimiche ? Tu t'inscris au chômedu en attendant de trouver un job à ta botte. Au besoin tu essaies de te lever deux ou trois michetons parmi les notables, de quoi affurer l'essentiel, hein ? Maintenant que tu l'as vue, la mer ?

— C'est drôle ce que vous me dites : j'y pensais un peu, seulement j'ai pas de blé.

— Les piastres à Georges sont où ?

— Alors là, malin qui pourrait le dire, sûrement pas ici.

— Me fais pas croire qu'il avait un compte en banque !

— Non, mais...

— Où voudrais-tu qu'il ait carré ses picaillons, ce grand voyou ? Tiens, je te propose un marka : si je trouve sa cagnotte, tu largues Nice et tu retournes à Grenoble, t'es d'ac ?

Elle me sourit.

— Chiche !

Je me mets à mater la chambre, sans bouger de ma

chaise, me contentant de la faire pivoter sur un pied pour exécuter un 180 degrés. Ça ne doit pas être trop coton, ma petite course au trésor. Le lit ? Non, car c'est la môme qui le fait. Des boîtes ? Non plus, pour la raison ci-devant : c'est Mimiche qui bricole dans la carrée. Donc, il faut penser à une zone d'inertie absolue. Sur l'armoire ? Tout de même pas, c'est la cache à la mère Michu, ça ! Je me lève pour inspecter les gravures au mur. Elles tiennent par quatre punaises, sauf la plus grande : un poster américain représentant un pédé à poil en train de frotter son sexe contre une meule à aiguiser. Le document est positivement entouré de punaises à têtes blanches piquées dans sa bordure.

Je ne me donne même pas la peine de palper la gravure.

— Tiens, Mimiche, fais-je, je te parie ma bite à moi que le flouze à ton bonhomme est placardé derrière celle-ci !

La môme s'interrompt de rassembler ses effets.

Me regarde.

Regarde le poster.

Un air incrédule badigeonne sa frimousse. Une enfant ! Rien qu'une gamine en dérive, incapable de pleurer longtemps.

Elle va dépunaiser le poster de ses longs ongles laqués sombre. Le grand feuillet se rabat, découvrant des talbins de cinq cents raides, eux-mêmes punaisés au mur pour constituer une sorte d'intéressant carrelage...

Follingue en plein, Mimiche bat des mains. C'est pas le même genre de veuve que le juge Favret, décidément. Chacun cultive le souvenir à sa manière.

Elle compte sa fortune. Près d'une brique !

— T'as de quoi opérer ta transhumance, ma poule, ricané-je. Apporte une boîte de fruits confits à tes vieux et laisse quimper le pain de fesses. Tu sais, éponger des locdus pour qu'un loulou s'offre des pompes en croco, ça ne va pas dans le sens de l'Histoire.

Mimiche s'approche de moi et porte la main sur une minuscule boucle métallique que je porte au sommet de mon futal et qui, lorsqu'on la tire vers le bas, fait jouer l'ouverture de ma fermeture Eclair (cher Eclair, que de gratitude on te doit! Ton invention qui remonte déjà à un demi-siècle a plus révolutionné notre société que la capsule Apollo).

— Eh! dis, petite, tu te permets des privautés! j'exclame.

La jeune veuve objecte, très pertinente :

— Vous m'avez parié votre bite, non?

Que veux-tu que je lui réponde? Comme deux élans du chibre ne me font pas peur, dans une matinée (1) d'autant qu'elle entend me déguster à la petite cuiller, je la laisse s'évertuer. Et je vais t'avouer une chose, mais jure-moi de ne pas la lui répéter car ça foutrait par terre mes leçons de rédemption : sa technique est si pure qu'il est regrettable de la voir abandonner son métier de pute. Aux figures imposées, elle se montre irréprochable, et elle est intrépide dans les figures libres; ah! ce n'est pas elle qui risquera jamais de s'étouffer à l'oral en passant sa maîtrise de fellation.

Ramassage du gars Pinuche.

Il est à ce point blindé que je dois le reconduire à son lit où je l'allonge tout habillé, lui laissant ses godasses, son chapeau et son mégot.

Les mains croisées sur le ventre, il a l'air d'un gisant sculpté par Dubout.

La table que j'ai retenue pour deux, devient donc une

_____

(1) La fameuse obsession sexuelle san-antoniaise, dont il était question au Conseil des ministres de mercredi dernier.

table pour un, aussi mangé-je comme quatre, manière
de compenser la défection du Suranné.

Tout en dégustant, j'opère un bilan de ma matinée. Je
l'estime très positif. Mon enquête file bon train, toutes
voiles gonflées. Va falloir, maintenant, que je m'intéresse à ce mystérieux M. Clément et son comparse
Freddo, et que je m'y intéresse d'urgence pendant que
la piste est chaude.

J'en suis aux petits filets de rougets parsemés de
truffes nappés de beurre blanc et accompagnés de
pointes d'asperges saupoudrées de caviar, lorsqu'un
couple, guidé par le maître d'hôtel, vient prendre place
à la table voisine de la mienne. Je n'y prête pas attention
sur l'instant, me trouvant trop complètement ensuqué
par mes pensées émulsionnantes ; pourtant, je finis par
lui consentir un lerchu d'attention, ce qui me permet de
constater que ce couple est composé du juge Favret et
de son con de greffier, l'honorable Roupille.

Homme de grande maîtrise, je parviens à rester un
pas vide, comme dit le Gros. Je comporte pile comme si
les deux arrivants étaient des touristes hollandais ou
suédois, c'est te dire !

M'appliquant à ne les point regarder, j'ignore par
conséquent si eux-mêmes portent les yeux sur ma
personne. Cela ne m'empêche pas de conserver en
rétine l'exquise jeune femme, sublime dans une robe
bleue, avec une veste légère, un tour de cou en or, et
une coiffure nouvelle, m'a-t-il paru.

J'achève mon repas sans broncher, à gestes précieux,
refuse les desserts, accepte le café, signe l'addition, y
joints un royal pourliche en espèces, me lève, m'en vais.

J'ai beau adopter cette attitude catégorique, mon
cœur demeure tout en nuances et mon âme chante.
Tudieu, que m'a-t-elle donc fait, cette jugeuse, pour me
flanquer dans un tel état de liesse par sa seule présence ?
Pareil coup de foudre n'est pas courant chez moi.

Certes, et je ne m'en cache pas, je réagis vite au beau sexe, mais il est incourant que mes pensées se trouvent mobilisées de la sorte. Voilà des années qu'une femelle ne m'a pas mis en état de choc sentimental.

Ainsi, elle se décide donc à remuer ! Il se déplace, le ravissant juge ? Il monte en première ligne ? Est-ce après avoir eu un contact avec mon collègue Quibez-zoli ?

Je sens que nos routes risquent de se croiser dans Nice la Belle. A cette perspective, un courant de 220 volts me zigouique la moelle épinière.

Pour l'heure, je marche d'un pas gaillard en direction de l'*Azur Grand Lux,* bioutifoul immeuble neuf, vitre, acier, béton, qui s'érige à une certaine distance (pour être précis) du merveilleux *Négresco.*

Le soleil darde à plein chapeau. La mer se fait d'un bleu qui n'est pas sans me rappeler la robe du juge Favret. Et d'ailleurs, tout me la rappelle puisque je ne pense qu'à elle.

Un portier portant un uniforme bleu... azur, est à l'affût devant une porte à cellule électronique qui cisaille les passages dans un chuchotement feutré.

Il soulève son kibour galonné à mon arrivée, et je lui remets cinq francs pour sa peine, ce qui est peu, mais reconnais que le geste lui-même est modique.

A cette heure somnolente, l'animation est nulle dans le hall de l'hôtel. De grandes parois en verre fumé, une immense tapisserie de Lurçat, des fauteuils aux lignes cosmiques créent une ambiance internationale. C'est le genre point de rencontre pour une certaine catégorie d'individus qui se compose de P.-D.G. ricains, de diplomates noirs et de cadres supérieurs français.

Derrière le comptoir (acier et verre taillé dans la masse) de la réception, se tient un gonzier qui serait obèse s'il était moins gros, mais qu'on peut classer parmi les monstres dont le curriculum figure dans le *Livre des*

Records. J'ai l'impression qu'on a placé ce mec dans cette niche et qu'on lui a construit sa banque autour pour l'y enchâsser à tout jamais.

L'être humain en question se tient debout à son rade, les coudes sur un grand registre dans lequel il écrit j'ignore quelles conneries, d'une écriture tellement régulière qu'une lettre de lui te donnerait envie de gerber.

J'attends qu'il ait achevé de rédiger ses mémoires, mais ça lui prend un bon bout et il paraît surprenant qu'un mec de ce volume ait autre chose à raconter que son poids.

Ayant enfin mis un point provisoirement final à ses confessions, il relève deux lourdes paupières dans lesquelles on se taillerait facilement une paire de gants de boxe, et m'octroie un regard à peu près entièrement jaune.

Je lui présente ma brème. La manière qu'il s'en empare me laisse craindre d'avoir confondu avec ma carte de l'American Express, malgré la différence de format. Il se contente de la placer devant son œil droit, au lieu de l'enquiller sur la machine à imprimer ; puis me la rend.

Il attend, en caressant l'un de ses vingt-huit mentons, que je veuille bien lui expliquer pourquoi.

— Vous avez ici un client du nom de Clément, lui dis-je.

Le monstre gonflable va appuyer sur un bistounet chromé commandant les volets mobiles d'un classeur super-moderne.

Il se tourne alors vers moi.

— Non ! laisse-t-il tomber à l'unanimité plus sa voix.

Cette brève assertion ne me dégoufigne pas la tarentaise chevauchée. J'en conclus seulement que Clément n'est pas un patronyme mais un ouvrillyme.

Je débite alors la description faite par Mimiche :

— Un homme de genre un peu levantin, avec un sonotone ?

Tout étant relatif, je m'abstiens de lui répéter que M. Clément est « plutôt gros », car ce zig doit le juger d'une maigreur squelettique par rapport à lui-même.

— C'est peut-être M. Moulayan ? suggère le cétacé de la réception.

— Pouvez-vous vérifier si son prénom est bien Clément.

Il s'en assure.

Acquiesce.

— Exactement. Chambre 180.

— Profession ?

— Banquier à Beyrouth.

— Il est descendu ici depuis longtemps ?

Le Mongol fier vérifie.

— Le 6 !

J'examine ma mémoire, laquelle ne fonctionne pas par déclenchement sprunéo statique, mais simplement comme ça. Le 6 ! C'est le lendemain du jour où Michel Lainfame a été arrêté.

Coïncidence ?

— Il n'est pas seul ici, n'est-ce pas ?

— Effectivement, une jeune femme l'accompagne, reconnaît mister Trois Tonnes ; une brune qui ne sort pratiquement pas. Elle prend ses repas au restaurant de l'hôtel.

— Personne d'autre ? L'on m'a signalé qu'il y avait avec lui un type entre deux âges répondant au merveilleux diminutif de Freddo ?

— Je ne vois pas.

— Tant pis. Savez-vous si Moulayan est dans son appartement présentement ?

— Demandez au concierge.

— Merci de votre coopération, cher monsieur. Cela vous ennuierait-il de me donner l'adresse de votre tailleur ? Je voudrais me faire faire un tennis couvert, en toile imperméabilisée.

Je n'attends pas sa réaction et me propulse au comptoir qui fait face, celui du concierge, où un homme qui ressemble à Louis XVI (mais il a au moins une tête de plus que lui) accroche des clés à des crochets.

— Bravo, lui fais-je, votre collection est déjà très fournie.

Il ne me sourit pas. Les plaisanteries, il ne les tolère qu'enveloppées dans des billets de cent points.

— M. Moulayan, jeté-je alors d'un ton rogue.

Le serrurier fait son plein de suffisance avant de répondre :

— Il n'est pas dérangeable avant seize heures.

— Pour quelles raisons ?

— Pour les siennes, et elles me suffisent.

Oh ! dis, ça va plus ! C'était pas inscrit dans le programme de la Nouvelle Société, qu'un pingouin prétentiard envoie rebondir un commissaire dans l'exercice de sa fonction !

Il a droit à ma carte. Mais elle ne paraît pas le commotionner outre mesure.

— Pourquoi ne peut-on rencontrer Moulayan avant seize heures ? redemandé-je en articulant bien et en lui découvrant tout grand le blanc de mes yeux.

Il hésite.

— Ce sont ses instructions. Il fait la sieste.

Je m'arrache pour retourner vers le monstrueux, lequel s'est remis à écrire la vie de Fatty dans son registre en forme de radeau.

— Ami, un suprême petit renseignement : j'aimerais les noms des gens qui sont descendus à l'*Azur Grand Lux* le 6 et qui s'y trouvent encore.

Un voile marron passe dans son regard jaune.

— C'est du travail, me répond-il.

— Je sais, admets-je : il convient d'appuyer sur le

bouton qui vous donne les entrées du 6 dernier, de noter les noms et de les confronter avec ceux qui occupent l'hôtel présentement. Mais comme votre classeur est électronique et que tout est répertorié par ordre alphabétique, vous devez venir à bout de cette écrasante mission en un peu moins d'une minute trente. Cela dit, j'ai droit à des frais généraux, la preuve en est.

Et je lui bascule un Delacroix, dont la bannière est brandie par une république nichonnante qui ressemble à cette femme de ménage qu'on avait l'année dernière et dont nous avons dû nous séparer parce qu'elle vidait plus volontiers nos bouteilles que nos ordures.

Il enfouille mollement le talbin en soupirant :

— Il est rare que la police arrose.

— Question de style et de moyens, objecté-je. Vous n'êtes pas sans avoir noté que j'appartiens à l'élite du grand poulailler.

Son rire lui sort d'entre un repli qui pourrait après tout fort bien être sa bouche. Il s'active sur son classeur, bricole, titille, vérifie, cadrante, chopsule.

Puis me tend une liste imprimée en caractères violets baveurs.

Je lis :

— Moulayan Clément, Ira Pahluin, prince Konsor, général Kibel Allalune, Von Hamkomble.

Je biche le ticket, l'explore.

— Ira Palhuin, c'est la copine de Moulayan ?

— Affirmatif.

— Le prince ?

— Un vieil habitué, il a plus de quatre-vingts ans.

— Le général ?

— Son aide de camp, aussi âgé que lui.

— Von Hamkomble ?

— Industriel bavarois, figure connue sur la Côte.

— Votre hôtel est récent et vous dites du prince qu'il est un « vieil habitué » ?

— Il descendait dans un palace démoli où je travaillais.

— En somme, pas d'homme jeune dans ce lot ?

— Aucun.

« Donc, me dis-je, le fameux Freddo ne vient ici qu'à titre de visiteur. »

Je remercie d'une cordiale branlade du chef. Ma tocante indique quatorze heures trente-quatre.

Le cher Moulayan fait la pause caoua jusqu'à seize heures. Prends-je sur moi de le déranger ou attends-je ?

Mais le déranger pour lui dire quoi ? « Excusez-moi, mon bon monsieur, pouvez-vous me dire ce que vous maquillez dans l'affaire Lainfame ? » Tu penses qu'il me répondrait ? Probably pas, hein ? Mieux vaut le surveiller en loucedé, m'assurer de qui il fréquente et tout ça, non ?

Je moule l'*Azur Grand Lux* et, sortant de la porte cisailleuse, j'avise un homme en bras de chemise, avec un chandail dont les manches sont nouées autour de son cou, et pantalon de velours à grosses côtelettes, et puis encore un appareil photo en bandouille sur le panneau électoral. Le cheveu rare malgré qu'il soit jeune, la frime un tantisoit couperosée, l'air pas très net, que je suis prêt à te parier ta pauvre femme contre une main de masseur qu'il a les pieds douteux et le slip bicolore.

Je le remarque parce qu'avec mon œil de faucon je l'avais vaguement retapissé avant de pénétrer dans l'hôtel et que tu ne trouves pas bizarroïde qu'il soit encore là, toi, pique-plante, avec un air tellement innocent que n'importe quel douanier lui ferait déponner ses valtoches et lui passerait un doigt dans l'oigne pour s'assurer ?

Je vais innocemment, regardant de temps à autre dans la plaque miroitante de ma gourmette pour m'assurer qu'il me suit.

Il me file bel et bien, sans trop prendre de précautions, du reste.

Alors j'oblique dans une rue en feignant de chercher un numéro. Avisant un immeuble dont l'entrée communique avec une cour, j'y pénètre et, à peine le porche franchi, me plaque contre le vantail fermé.

Ça ne rate pas. Quelques minutes s'écoulent et mon zèbre se hasarde sous le porche. Aussitôt, ton Antonio chéri le biche par la dragonne de son Nikon et l'attire violemment à lui. Juste pour dire de lui enfiler mon crâne dans les narines. Comme il est trop mahousse pour pouvoir y pénétrer, c'est le tarin qui éclate. L'homme chancelle. Je le rectifie d'une manchette sur la glotte.

Pendant qu'il s'explique avec ses poumons pour tâcher de leur faire admettre qu'ils vont devoir se passer d'oxygène pendant un certain temps, je cramponne le portefeuille logé dans la poche-poitrine de sa chemise sport. En premier lieu, j'y déniche une carte de police au nom de Louis-Paul Musardin, attaché à la P.J. de Nice, Alpes-Maritimes. Tiens, je l'aurais situé de l'autre côté de la barricade, ce petit vilain.

Presto, je lui replace son porte-lasagne en fouille.

— Tu m'excuseras, Popaul, en général, ce sont les malfrats qui filochent les commissaires, pas les flics. Tu diras à mon estimé confrère Quibezzoli de boucler son magasin de farces et attrapes : je ne suis pas client.

Bonne âme, je lui fais cadeau de mon mouchoir, bien qu'il soit à mes initiales.

— Cela dit, fils, ajouté-je, tu es tellement discret que même si tu suivais un corbillard, le mort s'en apercevrait. Je vois pas pourquoi tu as choisi cette profession à la con alors qu'on doit manquer de dockers sur le port.

Il renifle piteusement son raisin en cours de coagulance sans paraître m'écouter. Ulcéré, je le laisse à l'ombre du porche pour regagner ma piaule.

Passage à vide. L'humanité me décoiffe. « Ils » me font chier, tous. Décidément, ils sont devenus trop nombreux et trop connards. Y a plus de place pour la vie dans la vie.

Je grimpe au quatrième et vais m'allonger tout habillé sur mon plumard. Non loin, deux petits libertins Louis XV m'adressent des sourires mamoureux depuis leur cadre doré. Poussez, poussez, l'escarpolette !

Ou l'escopette !

Je somnole très vite. Une mouche qui doit être espagnole tant elle est noire et velue, prétend en sodomiser une autre, pas consentante, contre la vitre, et ça produit un bruit de mirliton.

Le bigophone bourdonne. Est-ce chez moi ? Oui, c'est ici. Tiens, je devais pioncer pour de bon.

Je décroche. Une voix bêlante. Je me dis : « la Pine s'arrache de son coma éthylique ».

— Quoi ? aboie-je.

— Ici Georges Roupille, greffier.

— Salut, greffier, ça greffe bien ?

Un temps d'écœurement.

— Le juge Favret souhaiterait vous auditionner, pouvez-vous vous rendre à dix-sept heures au palais de justice de Nice ?

Je bâille à haute voix.

— Je vous demande pardon ? demande le vieux nœud.

— Vous pouvez, dis-je : je dormais. Et à cause de vous, je roupille.

Mon humour ne lui sied pas le moindre.

— J'attends votre réponse, commissaire.

— Le juge Favret est descendu au *Négresco,* crois-je savoir ?

— Là n'est pas la question.

— Que si. J'occupe la chambre 406, pourquoi voulez-vous que j'aille me plumer la bite au palais de justice, greffier ? Si le juge veut m'entendre, qu'il vienne me voir. Cela dit, comme votre juge est du sexe opposé, pour ménager sa vertu, son honneur et sa chatte, je suis prêt à descendre au salon. Ciao, ma vieille !

Je raccroche.

Les pigeons remettent la gomme. J'aime bien leur ramage, roucoulage et toutim. Deux pigeons s'aimaient d'amour tendre... Mon zob, oui !

Je m'oblige à fermer les yeux. Ne puis m'empêcher de guetter un nouvel appel du turlu, mais il reste silencieux. Tu sais que ça finira mal, le juge Favret et moi ? A force de trop se chercher, on finira par se trouver pour de bon. Surtout qu'on est à Nice (à Nice, au pays des merveilles) où l'on tire les feux d'artifice les plus very nice.

Etrange situasse que la nôtre, le juge et moi. On devrait collaborer à la loyale, œuvrer pour la plus grande gloire de la vérité, et au lieu de, c'est la guérilla sournoise. Traquenards en tout genre. Embuscades mignonnes ! Crocs-en-jambe tout azimut.

Impossible de roupiller.

On toque à ma lourde. J'ouvre à Pinuche. Il a surmonté sa biture express, juste qu'il cloaque un chouïe de la menteuse, le Biquet. Il débat des muqueuses, se dépêtre de filaments vilains.

— Tu sais ce qu'il me faudrait ? articule-t-il, comme un qui veut absolument causer tout en mangeant des spaghetti brûlants : un petit coup de champagne. Tu permets que je commande une demi-bouteille, ça doit représenter le prix du repas que je n'ai pas pris, pour la note de frais.

Royal, je commande une bouteille de Dom Pérignon. Son estomac gargouille, kif-kif quand le facteur d'orgues souffle dans la tuyauterie pour en chasser les toiles d'araignées.

Je le mets au courant des ultimes nouvelles.

— Que comptes-tu faire ? demande-t-il d'une voix aussi passionnée que celle de l'agent de police qui t'indique la rue des Filles-du-Calvaire

— Te faire changer d'hôtel, papa. Tu vas porter tes pénates à l'*Azur Grand Lux*.

— J'ai pas de pénates, objecte l'Enchifrogné, tu sais bien que je suis parti les mains vides.

— Je te prêterai ma valise pour faire sérieux.

— Et une fois là-bas ?

— Tu prendras la chambre la plus proche possible du 180, et tu surveilleras les agissements d'un certain Clément Moulayan. Tu sais te servir de mon sésame, crois-je ?

— Bé, oui, pourquoi ?

— Le voici ; quand le bonhomme aura quitté sa piaule, tu t'y introduiras et tu dissimuleras dans un endroit propice, que je laisse à ta sagacité proverbiale le soin de déterminer, cet appareil enregistreur, longue durée, miniaturisé. Il est d'une sensibilité de pucelle. Avant de le quitter, tu n'auras qu'à enfoncer la minuscule touche bleue qui se trouve sur le côté. Compris ?

— Evidemment.

Mon outillage disparaît dans ses poches clownesques. Il boit deux ou trois coupes en rotant d'aise très élégamment dans son poing, rien de comparable avec les rugissements d'un Bérurier.

— Et toi, pendant ce temps ? demande le Déchet.

— Moi, je foutrai la merde, promets-je. Le besoin s'en fait sentir.

AVIS

Bon, que je te continue, vieux pénitent de Bruges. O mon lecteur au foie pesant ; mon compagnon d'échappées belles ; mon complice plissé ; mon solstice divers ; mon recueilleur d'extravagances ; mon copain qui bongrémalgre. Toi que j'ai fini par aimer farouchement. Que je te poursuive ce récit byzantin et légèrement fluorescent (lis-le la nuit, tu verras).

A seize heures quatre très exactement, j'appelle l'*Azur Grand Lux* et demande M. Moulayan avec une telle autorité qu'on me le passerait même s'il n'était pas là. Mais comme il y est, tout va bien.

Sa voix est agréable comme celle d'un psychiatre. Suave, presque. Fleurie, tiens, je t'ajoute pour faire le bon poids, te prouver que l'Antonio ne rechigne pas à la peine. Attends, il m'en reste encore un : chantante ! Si avec tout ce blaud t'es pas content, cours te faire sodomiser par Gomorrhe.

— J'écoute, susurre le Libanais.

— Vous êtes monsieur Moulayan ? je demande en prenant la voix gauche d'un droitier.

— Oui, qui est à l'appareil ?

— Mon nom ne vous dirait rien, je suis un ami de Michel Lainfame.

Bref silence.

Le Libanais :

— Un ami de qui ?

— Michel Lainfame.

— Je ne connais personne de ce nom.

— Dommage, j'aurais eu des choses intéressantes à vous dire, et également à propos de la mort accidentelle de Georges Foutré, la nuit dernière.

— Je ne connais pas davantage.

— J'ai pourtant une photo prise au téléobjectif qui vous montre, vous et lui, devant l'entrée de l'*Azur Grand Lux*. Mais vous avez peut-être un frère jumeau.

Nouveau temps, qui n'est pas celui des cerises, ni même celui des coucourges.

— Alors, vrai, monsieur Moulayan, vous ne connaissez ni l'un ni l'autre des deux personnages en question ? Une fois, deux fois, trois fois, je raccroche ?

La voix agréable, suave, fleurie, chantante soupire :

— Je ne les connais pas, mais ce qui m'intéresserait, c'est de savoir comment vous avez été amené à me poser une telle question.

— On se voit où ? coupé-je.

— Je ne pense pas qu'une rencontre soit utile, nous pouvons très bien continuer cette conversation au téléphone.

— Non.

— Pour quelle raison ?

— Parce qu'on ne peut pas encaisser cent mille francs par téléphone, monsieur Moulayan.

— De quels cent mille francs parlez-vous, monsieur X ?

— De ceux que vous allez me remettre en échange de renseignements précieux pour vous. Tenez, je vous donne un échantillon afin de vous prouver que je ne bluffe pas : le juge Favret, chargé d'instruire l'affaire Lainfame vient d'arriver à Nice en compagnie de son greffier. Ils sont descendus au *Négresco*. Réfléchissez, monsieur Moulayan, si cet éminent et ravissant magistrat, car le juge est du sexe féminin, se trouve ici, c'est qu'il y a anguille sous roche concernant vos activités, non? Ce que je vous annonce là est facilement contrôlable, voulez-vous vérifier et que je vous rappelle un peu plus tard?

— Où êtes-vous? questionne tout à trac le Libanais.

— En ville, réponds-je innocemment. Mais si vous consentez à me fixer rendez-vous, cela ne saurait être ailleurs qu'à votre hôtel : je suis un homme prudent. J'aime la vie, monsieur Moulayan, sinon je ne vous demanderais pas cent mille francs.

Mon rire ponctuateur est moins beau que le *Concerto pour deux mandolines* de Vivaldi, mais il produit tout de même un certain effet.

— Je ne sais pas à quoi vous faites allusion, finit par répondre le Libanais, tout cela me paraît bien fumeux et je n'exclus pas la possibilité que vous soyez un déséquilibré, mais cela m'amuserait de vous rencontrer.

Sa voix, je vais te dire la vérité, tu peux rayer les qualificatifs précédents, elle est de miel. Tu m'entends, Dunœud? De miel.

— Alors quand?

— Dans un quart d'heure, est-ce possible?

— Ben voyons, j'arrive.

Et poum! je raccroche, surexcité comme si j'étais le collant d'Isabelle Adjani.

Que va-t-il découler de cette rencontre? J'invite le lecteur curieux de le savoir à se déplacer un peu plus loin, après les astérisques (et périls) que je vais séance tenante déposer sous le présent texte afin d'aérer une prose qui a besoin d'un instant de répit.

*
* *

Suis-moi, camarade lecteur.

Ou plutôt accompagne-moi. Ta mauvaise oreille, c'est la droite ? Bon, alors place-toi à ma dextre et franchis à mon côté la porte-couperet de l'*Azur Grand Lux*.

Tiens, le concierge a changé depuis naguère. L'a remplacé un monsieur à tête de sénateur américain d'avant-guerre, cheveux blancs, lunettes cerclées d'or, regard calme. Il cause avec une personne d'Outre-Atlantique sans un pouce d'accent, ce qui renforce la ressemblance signalée en cours de paragraphe.

J'attends mon tour.

Il vient.

— J'ai rendez-vous avec M. Moulayan, chambre 180, débité-je sur l'air (le grand) de Lakmé.

— Qui dois-je annoncer ?

— La personne qui a rendez-vous avec M. Moulayan, dis-je le plus sérieusement d'Europe (pourquoi toujours « du monde » ? restons un peu entre nous, merde !).

Le sénateur sonne la chambre du Libanais, répète docilement ça que je viens de lui causer, répond « Bien, monsieur Moulayan » d'un ton qui en dit long sur les pourliches que le banquier doit virguler dans l'air à la ronde, et me fait signe avec son sourcil gauche que je peux monter.

Il se passe très exactement ce que je supposais, à savoir que lorsque je déboule au premier étage, un type quitte la chambre 180, un homme entre deux stages, à mine gaufrée, regard bleu 'sombre, bouche mince, fringué avec une élégance ruisselante de mauvais goût.

Son innocence est à ce point feinte qu'elle équivaut à de la franchise.

— A tout à l'heure, Freddo ! lui lancé-je.

Il en reste comme deux ronds de ce que tu voudras, mais surtout pas de flan : ça me fout mal au cœur.

— On se connaît pas ! il blatouille.

— Ça commence, réponds-je. Je suppose que tu es chargé de guetter ma sortie et de me faire un brin de courette ? Nous aurons donc l'occasion de lier connaissance, pas vrai ?

Et je l'abandonne à ses stupeurs pour sonner au 180. M. Moulayan m'ouvre de sa propre main, laquelle est menue, soignée, mais pas appétissante pour un cannibale.

C'est un homme de belle allure. Les gens du Levant « désorientent » les Nordistes que nous sommes par leur côté bistre et grassouillet, leurs regards de braise frangés de longs cils pas toujours catholiques, ni même maronites, leur onction, leur voix de miel que je te causais et une certaine manière de s'habiller chic qui fait piger d'emblée pourquoi un lord anglais ne passera jamais pour un voyageur de commerce. Nonobstant, Moulayan est un personnage de bonne allure, grassouillet, c'est vrai, bistre, j'en conviens, au regard sombre, je ne le nie pas, à la voix suave, je l'ai déjà dit en plusieurs exemplaires, onctueux, il serait sot de prétendre le contraire, et à la mise chiquement libanaise, j'en suis d'accord, mais, enveloppant le tout, il se dégage de sa personne un charme, une énergie, voire une grâce équivoque auxquels on est immédiatement sensible.

Il me considère en souriant ; et son sourire ne fait pas troisième ya. Sa courtoisie lui est naturelle. J'ai déjà seriné que La Fontaine était un homme affable. Lui, est carrément gentil. Il a la vocation de séduire, un besoin viscéral de plaire à tous ceux qui l'approchent.

On se serre la main en vieilles connaissances heureuses de se retrouver.

Sa chambre est tendue de velours bleu. Meubles modernes, style « qu'est-ce que t'en penses ? » de bonne facture (ça vaut plus cher que l'ancien).

Il me désigne un fauteuil de cuir d'un bleu plus soutenu que l'ensemble de l'appartement et assure son sonotone.

— Je peux vous offrir quelque chose ? demande-t-il.

— Dix millions d'anciens francs et un scotch, réponds-je.

Il s'approche d'un réfrigérateur encastré, le décastre et prépare deux whiskies en bonne et due forme.

— Sec ou à l'eau ?

— Sec.

Il me tend le verre.

— Voilà déjà le scotch, fait-il plaisamment.

A ce moment, je perçois un feutrement glisseur dans sa turne (l'anneau de sa turne est fixé à la clé) et j'avise avec quelque retard sur le méridien de Greenwich Village, une forme sombre languissamment vautrée sur le lit bas, dans l'alcôve servant d'alcôve.

Une fille brune, à la peau délicieusement teintée, joue les mères Récamier en me regardant exister. Je lui souris, elle non. Mais peu importe ou exporte, je ne suis pas là pour la bagatelle ayant déjà donné à deux reprises dans la matinée.

M. Moulayan raffole du whisky, ce qui me fait espérer qu'il n'est pas musulman, car soucieux des valeurs reconnues, j'aime qu'on soit fidèle à sa religion, sa patrie, son épouse et sa parole.

Il lampe une gorgée de perroquet, la conserve en bouche pour s'éblouir les papilles avant de la laisser glisser.

— Eh bien, cher monsieur, je vous écoute, déclare-t-il sans se détartrer de sa gentillesse mentionnée à la rubrique description, quelques centimètres plus haut.

Je pose mon verre et sors ma carte de flic.

Il la prend en considération, mais sans marquer la moindre tracasserie.

— Vous êtes commissaire de police et vous venez me demander cent mille francs ! gazouille-t-il. Les policiers français n'ont pourtant pas la réputation d'être corrompus.

— Aucune réputation n'est perdurable, soupiré-je.

Disons que je suis un cas. Un cas d'espèce ou une espèce de cas...

— Expliquez-vous.

— Ne pourrions-nous rester seuls ? objecté-je en regardant vers l'alcôve.

— Nous le sommes : Ira ne parle pas un traître mot de français.

« Ah ! bon, me dis-je, voilà pourquoi elle n'a pas répondu à mon sourire : elle ne rit pas français. »

Chassez le calembour il revient au triple galop.

— Eh bien, à dire vrai, monsieur Moulayan, enchaîné-je comme le canard du même nom, sans vouloir atténuer mon acte, je dois vous dire que le terme de corruption est impropre dans cette aventure. Si je demande une somme d'argent, relativement raisonnable, c'est à titre de dédommagement. L'on me doit réparation.

— Diable ! Et pourquoi ?

— Parce que Michel Lainfame m'a pris pour un con, voire pour une tête de Turc, ce qui est pire, bien que je sois lié d'amitié avec quelques Turcs de bon aloi, et parce que sa plaisanterie me cause un grave préjudice au niveau de mon avancement.

— J'ignore qui est ce Michel Lainfame dont vous me parlez à tout bout de champ, murmure Moulayan.

Je me penche pour saisir sa petite main d'avorteur en exil et la pétris des deux miennes.

— Monsieur Moulayan, je vous demande d'admettre une chose essentielle : rien ne va être possible entre nous si nous ne jouons pas franc-jeu (ou Franjus pour ceux qui aiment le cinoche). J'aurais pu venir vous chambrer, vous taire que je suis flic, j'ai préféré y aller carrément. Je vous suppose bien trop psychologue pour ne pas comprendre que j'étale mes cartes à l'endroit.

Le Libanais devient ineffable (comme Florian, pour changer).

— Cher monsieur, zouzouille-t-il, puisque vous me jugez psychologue, pourquoi me prenez-vous à votre tour pour un con ? Croyez-vous, qu'après vous avoir regardé et écouté pendant cinq minutes, je crois vraiment que vous êtes là pour me soutirer dix malheureux millions d'anciens francs archidévalués ? Vous n'avez pas beaucoup la tête d'un homme qui se vend, et encore moins celle d'un homme qui se solde.

Ayant virgulé, il sirote son scotch et me fait la charité de ne pas me regarder.

— Bravo, lancé-je. Oui : bravo ! Vous êtes un homme très fort, monsieur Moulayan. Il est vrai que je ne suis pas un flic pourri, mais il est exact en tout cas que je suis un policier pris dans une toile d'araignée, je vais vous raconter la chose.

Et je lui balance toute la sauce, sans rien travestir, ce qui doit te laisser pantois (de l'ancien français pantaisier). J'ai recours à cette méthode quand l'adversaire en est digne, il arrive qu'elle porte ses fruits.

Je ne tais à Moulayan que mon inclination pour le juge Favret ; au contraire, je laisse aller mon ressentiment contre ce magistrat méprisant qui m'accable de brimades afin de fustiger mon action parallèle.

Le Libanais m'écoute comme un neurologue son patient, avec une attention un peu distante, en homme qui sera amené à se prononcer au bout de la péroraison, mais qui n'est pas impliqué dans les faits qui lui sont confiés.

Lorsque je me tais, son verre est vide, le mien aussi.

— Je vous en sers un autre, commissaire ?

— Pourquoi pas ?

Il renouvelle les consos puis lance quelques mots en arabe à la fille de l'alcôve. Cette dernière répond brièvement. Et moi, pendant ce temps, tu sais quoi ? Non ? Je repère mon petit enregistreur tout culment posé sur une étagère de verre fumé, à côté d'une œuvre d'art moderne qui ne ressemble à rien et donc te fait penser à n'importe quoi. Je sais bien que, depuis la « Lettre volée » d'Edgar Poe, les non-cachettes sont les plus sûres, pourtant je me dis que la Vieillasse s'est pas gercé la bagouze ! Il a dû s'introduire ici sous un prétexte de service, peut-être en usant d'un gilet rayé chapardé dans la lingerie, et poser mon engin à la va-vite, en présence du couple. Fatal, puisque Moulayan n'a pas encore quitté sa piaule !

Surtout, l'oublier. Je me gaffe de la transmission de pensées. Si l'appareil m'obnubile, je vais déclencher un mécanisme secret dans les méninges du banquier.

Il me remet le deuxième scotch d'un air songeur.

— Je suis très contrarié, monsieur le commissaire, déclare-t-il.

— Vraiment ?

— Vous m'êtes sympathique, or je ne vais pas pouvoir vous être utile.

— C'est donc un refus catégorique ?

— Ne confondez pas refus et impuissance.

— Monsieur Moulayan : vous connaissiez le dénommé Georges Foutré, il est venu vous voir dans cet hôtel et j'ai des témoins. Foutré surveillait la maison des parents Lainfame quand je lui ai sauté au colback.

— J'ai reçu effectivement sa visite. Il était d'origine pied-noir et il avait connu mon fils en Afrique du Nord. Il est venu m'en demander des nouvelles, Joséphin l'ayant averti de mon séjour sur la Côte d'Azur.

Que veux-tu objecter à ça ? Et puis il est si quiet, Moulayan, si confiant en lui-même, si certain d'être à l'abri de toutes les manigances.

— Il s'est lié de sympathie avec un certain Freddo, lequel sortait de chez vous lorsque je suis arrivé.

— Ce n'est pas impossible. Freddo est chauffeur de grande remise, c'est lui qui me pilote sur la Côte dans mes déplacements.

— Donc, nos relations tournent court ?

Son sourire me désarme. J'aurais des fusées Pershing dans mes poches, je les flanquerais dans la corbeille à fafs. Incoinçable, le cher homme.

Je torche mon glass et me déplante du fauteuil.

— Dommage, monsieur Moulayan, lui dis-je, je crois que nous venons de passer à côté d'une grande histoire d'amour, vous et moi. Je vais donc poursuivre mon cavalier seul. J'arriverai au bout de mes recherches, croyez-le. Et peut-être regretterez-vous votre attitude.

— Allons, monsieur le commissaire, pas de menaces voilées, je vous en prie, fait le Libanais avec un sourire exotique et légèrement trop sucré.

— Où avez-vous pris qu'elles sont voilées, rigolé-je, nous ne sommes pas au Moyen-Orient !

Derechef, nous nous en pressons dix.

Je sors.

En face, la porte du 183 se referme presto. Mais le mégot momifié de Pinaud gît sur la moquette du couloir.

Une Mercedes noire stationne sur le menu terre-plein réservé aux clients de l'hôtel et aux taxis.

Freddo est installé au volant. Il s'est affublé de Ray-Ban sombres et mâche du schwing-gum pour se donner l'air intelligent.

Car depuis que l'homme a cessé de marcher à quatre pattes, il n'a jamais rien découvert de plus efficace pour mobiliser son potentiel intellectuel. L'individu qui mâche du chouinegomme impressionne immédiatement et je dirais mieux : intimide... Lorsque je me trouve brusquement face à un rumineur de caoutchouc, me voici saisi par la majesté de l'instant. Je comprends qu'il se produit quelque chose de « dépassant » et je reste indécis, troublé, ébloui par tant de connerie concentrée dans un acte aussi menu. Des frissons me traversent ; des froids coulis rôdent par mes orifices ; une peur

confuse me saisit, qui m'incite à la fuite. Et alors,
comme tant de fois, je me réfugie dans l'imploration
divine. Il n'est de refuge qu'en haut. Lève ton visage
vers le ciel et dis-lui ce que tu as à lui dire, même si ça
n'est pas gentil. Tu verras comme tu seras soulagé après.
La prière, c'est l'âme qui avait besoin de pisser.

Continuons.

Le beau Freddo mâchouilleur est donc là, en attente
de son « client ». Je m'installe à son côté, sans qu'il ait
le temps de dire ouf, et d'ailleurs, cela rimerait à quoi
qu'il prononce un mot aussi idiot ?

— Georges t'aimait beaucoup, lui dis-je comme
entrée en table des matières ; si c'est pas malheureux :
aller se fraiser la poire contre un camion hollandais, je
te demande un peu ! Il aurait percuté un camion italien,
espagnol, ou français, voire anglais à la grande rigueur,
mais hollandais ! Tu connais la Hollande, toi ? En mai,
ça paye à cause des tulipes, mais ensuite ne reste que les
moulins à vent et les Hollandais qui ont l'air aussi cons
qu'eux.

Je tire mon étui de deux cigares de ma poche, le lui
présente :

— T'es tenté, Freddo ? Ce sont des *claros* de La
Havane, Castro m'en envoie chaque année une boîte
pour mon anniversaire. La robe en est verte, tu vois.
Non ? Toi, c'est la vieille cousue des familles ! T'as tort,
tu feras ton petit cancer des éponges avant moi. Bon, on
y va ?

Jusque-là, ma faconde lui a bousculé les méninges.
Hébété, il demande :

— On va où ?

— Démarre, je te dirai.

— Je peux pas, j'attends...

— T'attends plus : je suis là. Roule !

Et j'accomplis une chose qu'on ne voit que dans les
films de catégorie merdique, mais faut pas faire le

difficile avec un auteur comme l'Antonio, que tous les moyens lui sont bons : poil à gratter, torgnoles, calembours, larmoyades, etc. Je dégaine l'amie Tu-Tues, et plante son mufle entre deux côtes à Freddo, au niveau du cœur.

— Allons, bonhomme : contact !

Il se reprend un brin :

— Comme si vous pouviez me flinguer devant un portier d'hôtel sur la Promenade des Anglais !

— Où tu as pris que je te flinguerais ? Mon pétard n'est pas à balles, mais à curare. Si je presse la détente, une minuscule aiguille t'injecte dans ta viande juste ce qu'il faut pour que tu sois paralysé à vie. Effet instantané et c'est même moi qui donnerai l'alerte comme quoi t'as eu une attaque.

— Je vous ai rien fait ! s'affole le Freddo qui est plus à l'aise dans une partie de castagne à poings nus que dans une joute oratoire.

— Refus d'obéissance, t'appelles ça rien, Freddo ! Tu sais que pendant 14-18 on a passé des chiées de bidasses au peloton pour ce motif ? Allez, fonce, tu ne disposes pas d'un potentiel énergétique suffisant pour pouvoir me contrer.

Freddo file un coup de sabord marloupin sur l'entrée de l'hôtel, escomptant un miracle, mais Nice n'a jamais été la succursale de Lourdes et rien ne se produit, sauf que le portier se gratte discrètement les couilles de sa main blanchement gantée. Le driveur retient un soupir et met les bulles.

— Où on va ? demande-t-il une fois qu'il a pénétré dans le flot des bagnoles.

— Prends la direction de Cannes.

Il roule sans hâte. Ses mâchoires crispées forment deux boules d'os sous sa peau.

On atteint l'aéroport.

— Prends à droite, j'adore l'arrière-pays.

Il enquille une voie tranquille, bientôt ça se met à grimper. Je pense au juge Favret, si mignonne devant son assiette. Vrai, ce que j'aimerais lui claper la case départ à Médème. Je lui raffolerais le frifri, à la magistrate, à l'en faire geindre comme une scie musicale. Je la pressens délectable. La Grande Bouffe, avec elle, ça doit être le summum du nectar, plus deux doigts fureteurs dans la bagouze pour créer le climat ! Mince, je vais pas me mettre à triquer dans la Mercedes de Freddo, sans blague !

Nous longeons de ravissantes villas Sam-Suffy, des maisonnettes « Mon Repos » et brusquement, je glapis :

— Freine !

Il file un coup de patin à la désespérée.

— Reculé un chouïa, petit Prince.

Freddo obéit des mains et des pieds. Je ne me suis pas gouré : voici bien l'endroit idéal, une sorte de terrain aussi vague qu'un programme politique, transformé en cimetière de bagnoles. C'est silencieux, sinistros malgré le soleil et les fleurs sauvages poussant entre les épaves.

Je parle de silence, il est relatif, car, lorsque mon pilote hors ligne a coupé la sauce, nos étiquettes sont assaillies par un foisonnement d'insectes et de pépiements de zizes.

— Ça a beau être des voitures, on se croirait vraiment dans un cimetière, non ? fais-je à Freddo.

Il ne répond rien. Pianote nerveusement son volant élégamment gainé de simili-peau de panthère.

— J'aime discuter de choses sérieuses dans la paix de la nature, lui déclaré-je, ce qui le laisse froid comme le cul d'un esquimau constipé.

C'est pas un lyrique, Freddo. Le matérialisme se lit sur sa frime en caractères majuscules.

— Logiquement, ça devrait bien se passer, reprends-je. J'ai deux ou trois questions à te poser, tu y réponds,

après quoi on rentre en ville et on se dit bye-bye.
Seulement, gaffe-toi : sur les questions que je vais te
poser, je connais la réponse de plusieurs, si bien que tu
n'as pas la possibilité de me chambrer. Tu me reçois
cinq sur cinq, Tout-Beau ?

— Allez-y toujours, dit-il en s'adossant à sa portière
pour me faire face.

Il adopte une posture nonchalante, remontant son
genou droit à la hauteur de son menton. Il se caresse la
jambe. Moi, tu me connais, non ? Des coups comme
celui qu'il mijote, j'en inventais déjà quand Félicie
changeait mes couches. Mon intervention est sèche.
Une plongée : vraoum ! Il déguste mon crâne à pleines
chailles et tourne de l'œil. Le sang lui pisse de partout.
Je remonte la jambe de son futiau et découvre un lingue
arrimé dans sa chaussette par un gros élastique noir. Sur
la lame, il y a écrit, en creux : *Kauhava-Finland.*

Je jette dédaigneusement l'eustache par-dessus ma
vitre à demi baissée.

— Allons, Freddo ! Du poulet, avec un couteau ! T'es
folle dans ton petit cigarillo, toi !

« Je t'ai dit que tu ne faisais pas le poids ; même avec
des plombs de vingt-cinq kilos dans chacune de tes
fouilles tu continuerais de flotter à la surface. Maintenant, assez plaisanté, on entre vraiment dans le vif du
sujet. »

Il opine, résigné.

— Lainfame Michel, tu connais ?

— Je l'ai rencontré, oui, convient le beau Freddo.

— Dans quelles circonstances ?

Il n'a pas le temps de répondre. Une tire pénètre dans
le cimetière de voitures, qui se pointe jusqu'au pare-
chocs arrière de la Mercedes.

Mon confrère Quibezzoli, l'un de ses hommes, le juge
Favret et son enculé de greffier en descendent.

A suivre...

NOTICE

« Allons bon ! » me dis-je en aparté, car mes réflexions s'articulent toujours dans un style beaucoup plus sobre et condensé que mon style écrit.

Le quatuor (qui n'est pas à cordes, mais à pieds) s'avance jusqu'à ma portière, Quibezzoli toque comme s'il s'agissait de l'huis d'un appartement.

Je baisse ma vitre.

— Si vous quêtez pour la Croix-Rouge, j'ai déjà donné, fais-je.

Mais n'étant pas joyeux de nature, et compte tenu de son entourage magistral, il s'abstient du moindre sourire.

— Pouvez-vous sortir, commissaire ? nous avons besoin de vous parler.

J'hésite.

— D'accord, dis-je, je descends parce que le juge Favret est une femme et que je ne parle pas assis aux dames debout.

Les insectes, indifférents à nos mesquins problèmes de mammifères pensants, continuent de crépiter comme un feu d'artifice. Archiptères, coléoptères, diptères, hyménoptères, lépidoptères, névroptères, orthoptères s'en donnent à cœur joie.

— Ainsi, vous me suiviez ! fais-je. J'ai déjà exprimé

ma réprobation à l'un de vos sbires, je suis prêt à continuer avec vous, collègue !

Il retrousse ses babines de cador teigneux :

— Je ne vous le conseille pas. Moi, je travaille officiellement, j'ai des ordres. Le juge Favret souhaitait vous auditionner d'urgence et vous avez grossièrement repoussé sa convocation.

— Je n'ai eu de contact qu'avec son greffier.

— Il s'exprimait en son nom.

Je me décide à sortir un de mes cigares.

— La fumée ne vous gêne pas ? demandé-je à la belle Hélène.

Elle secoue négativement la tête. J'use du cérémonial d'usage pour allumer mon barreau de chaise. Un qui se demande si c'est du lard ou le duc Hochon, c'est Freddo. Cette bouille, en m'entendant appeler commissaire ! Je suis tremblant d'une rage glaciale. Juste au moment où le mec s'affalait, voilà ces pieds-nickelés qui déboulent, avec à leur tête de nœud, la Jehanne d'Arc des dossiers verdâtres ! Pour rattraper le coup, ensuite, ce sera macaque bonno, comme dit Bérurier. Un amphigouri de cette nature, c'est pis qu'une baise ou une mayonnaise avortée, même à la manivelle tu peux plus la ravoir.

— Retournons en ville ! dit Hélène.

— En ce cas, bonsoir, fais-je, moi j'ai un flirt en cours avec ce beau jeune homme et j'entends le poursuivre. Mes mœurs changent d'orientation, cela se produit parfois chez des individus déçus dans leur orthodoxie.

La petite Favret me file un regard aussi suave que celui qu'échangent un serpent et une mangouste.

— Je n'ai encore jamais signé de mandat d'amener sur le capot d'une voiture, mais je suis prête à le faire si vous refusez de nous accompagner.

— Le commissaire San-Antonio en état d'arrestation ! m'exclamé-je, c'est frivole. On peut connaître le chef d'inculpation ?

— Complicité avec une association de malfaiteurs s'étant rendus coupable de séquestration, et insulte à magistrat, entre autres...

— Je ne pense pas qu'une initiative de ce genre constituerait le fleuron de votre carrière, juge.

— Voulez-vous me préparer un mandat d'arrêt au nom du commissaire, monsieur Roupille ? demande la vilaine donzelle à son birbe.

Tu parles qu'il veut, l'autre furoncle ! Il me déteste tellement qu'il souille son slip chaque fois que mon nom est prononcé. Tu le verrais déballer son porte-documents râpé, sur le capot de leur DS.

Quibezzoli jubile aussi, mais avec un peu plus de discrétion. Je me penche à l'oreille de la jugeuse.

— Plus vous m'en faites voir, plus je m'en ressens pour vous, Hélène, je lui chuchote, c'est un maléfice merveilleux. J'attendrai vingt ans s'il le faut, mais un jour je vous prendrai dans mes bras !

Joli, non ? Dans un film, bien en situation, ça ferait mouiller les chaisières, moi je te le dis. Faut pas craindre d'en rajouter, d'aller à fond dans le gazouillis.

La Favret, comment qu'elle saute ! Tu verserais un plein bol de fourmis rouges dans sa culotte, elle réagirait pas plus vivement.

— Insolent ! hurle-t-elle.

— Qu'est-ce il y a ? Qu'est-ce il y a ? intervient le commissaire Quibezzoli.

— Cet homme n'est pas digne du titre qu'il porte ! égosille le juge.

S'ensuit une amorce d'échauffourée de la façon suivante. Le médor à Quibezzoli, con et discipliné, croit judicieux de me cueillir aux revers. Ce qui lui donne droit à mon genou dans les roubignoles. De ce fait il me lâche ! Quibezzoli, vert de rage, ver de terre, verre filé,

vers chez moi, porte la main à son pétard, que je te
demande un peu où ça va dégénérer ce numéro à la
noix, d'ici qu'on s'entre-flingue, y a pas loin !

— Messieurs ! Messieurs ! Je vous en prie ! crie le
juge, effrayé.

Bon, le calme revient.

Roupille qui s'était interrompu de rédiger retourne à
ses pattounes de mouche. Celui que j'ai genouillé de
première, masse ses génitoires à travers son grimpant,
mais on sent qu'il aimerait se les passer à l'eau froide.
Quibezzoli bongré-maugrée. Et moi je bondis en
constatant que le gars Freddo a profité de l'algarade
pour se tirer.

Textuel ! Sa portière est encore entrouverte. Il a bien
employé notre inattention.

— Il a filé ! beuglé-je. Bande de crêpes, c'est votre
faute ! Un client de première !

Je m'élance !

— Restez ici ! tonne Quibezzoli.

Je lui oppose la face la plus vacharde qu'il ait jamais
contemplée depuis qu'il s'est fait tirer le portrait dans un
Photomaton.

— Cet homme est un des éléments de l'affaire, si
vous couvrez sa fuite, alors là, oui, il y aura complicité
avec une association de malfaiteurs.

Et je bondis, le laissant libre de me défourailler
dessus s'il est assez tordu pour.

Freddo, je pige très bien, a rampé une fois dégagé de
sa guinde, jusqu'au monceau de bagnoles empilées. Une
fois à l'abri de cet immense tas de ferraille, il a pu
prendre ses jambes à son cou.

Je cavale à perdre alêne, comme un cordonnier
asthmatique. Au-delà de l'amoncellement de tires pour-
ries, se trouvent des serres. Je m'y précipite. Très vite,
devant la première, je découvre un monsieur en tenue
de paysagiste, face à terre (il a l'habitude de la

contempler). L'arrière de sa tronche est sérieusement contondé : son cuir dénudé (il est chauve comme la cantatrice de Ionesco) porte une tuméfiance bleuâtre et qui sanguignole en son centre. Une pierre tachée de sang gît à côté du bonhomme.

Je m'empresse de le soulever. Il est sonné sérieux, Fanfan-la-tulipe. Le Freddo, quand il assomme, c'est pas de la chiquenaude.

Au bout de fort peu, il récupère pourtant ses esprits. Me dévisage.

— Jé crois qué j'ai oun' insolatione, dit-il avec l'accent italien du nord.

Quibezzoli me rejoint.

— Qu'est-ce que vous avez encoré fait ! grince mon homologue.

— Ah ! non, m'emporté-je, ça commence à bien faire ! Pour qui me prenez-vous, Ducon ! A côté des miens, vos états de service ressemblent à des virgules sur des murs de chiottes, si je fais donner la garde vous allez la sentir passer dans vos moustaches, vous et le juge, merde !

Ma colère est tellement somptueuse qu'il ne peut se retenir de l'admirer comme elle le mérite. Impressionné par l'éclat de mon éclat, il chausse ses lunettes de soleil afin d'éviter les radiations.

Je désigne une tache d'huile sur un petit terre-plein où sont entreposés des sacs d'engrais.

— Vous avez une auto ? demandé-je au jardinier.

— Si ! Ma où elle est ?

— En circulation, fais-je.

Puis, à Quibezzoli :

— Notre homme a assommé ce jardinier pour s'emparer de sa tire et disparaître.

— Sympa, ronchonne le commissaire. C'était qui, ce type ?

— Un dénommé Freddo, exerçant officiellement le

métier de chauffeur de grande remise. Mais il avait probablement d'autres activités moins honorables, sinon il n'aurait pas pris tous ces risques en nous faussant compagnie.

On regagne Nice. C'est Quibezzoli qui pilote la Mercedes à Freddo. Il a pris le paysagiste avec lui pour lui faire greffer un pansement chez le premier pharmago venu ; moi je monte dans sa voiture, au côté du juge Favret.

Au fait, qu'est devenu le mandat d'arrêt ? Roupille a dû, sur l'ordre d'Hélène, le fourrer dans sa serviette fétide en attendant la suite des événements.

Serait-elle disposée à rengracier ?

Elle se tient bien droite, sans parler. Son parfum délicat continue de m'envoûter.

Je tire mon carnet de ma poche et j'écris :

Vous êtes bien plus belle que la Côte d'Azur !

Lui montre le feuillet.

Elle lit le poulet du poulet, hausse les épaules et se crispe un peu plus mieux davantage, dirait le Gravos dont les qualités pléonasmiques sont célèbres.

Je tourne la page de mon carnet et sur la nouvelle qui s'offre je trace :

Je vous aimerai jusqu'à la fin du monde.

Mais elle ne veut plus lire. Alors j'arrache le feuillet, l'humecte de salive et le colle contre sa vitre.

Vivement, elle l'arrache.

Je sais qu'elle a eu le temps d'en prendre connaissance.

— Je n'ai jamais vu un tel acharnement, soupire-t-elle.

— Moi non plus, dis-je ; moi non plus.

Et c'est vrai que ça devient désemparant, tout ça.

Elle reste un instant silencieuse. Je la regarde à la dérobée (ce que je la déroberais bien moi-même, bon Dieu !). Elle finit par murmurer :

— Vous devriez avoir davantage de respect humain, commissaire. Votre insistance a quelque chose de... de très pénible.

— Et de désespéré, ajouté-je.

On ne se dit plus rien jusqu'à Nice.

Dans une petite pièce où se dessèche un bouquet de mimosa, unique ornement de ce lieu dont l'anonymat flanque la nausée, elle recueille ma déposition, la nouvelle, qui s'enchaîne sur celle qu'a prise Quibezzoli la veille. Le ton de ses questions est morne, le ton de mes réponses l'est plus encore. Tout cet échange est mécanique. On a l'air brusquement de se foutre éperdument de l'affaire Lainfame. Le mystère ne nous passionne plus.

Le vieux gribouillard relit le texte en attendant de le relier. Je persiste et signe.

Et puis je demeure face au juge, les jambes croisées, l'air tout chose, abîmé dans des sentiments confus.

— Si vous voulez me permettre d'ajouter quelques mots, hors antenne, Mme Favret, je vous dirai que ce genre d'enquête doit se mener à chaud et au pas de charge. Votre intervention, tout à l'heure, a été pour le moins intempestive, car j'allais obtenir des révélations de ce Freddo.

— Nous le retrouverons, assure-t-elle.

— Peut-être, mais les circonstances seront alors telles qu'il ne parlera plus car vous userez de la voie officielle. Mon efficacité vient de ce que je n'hésite pas à me marginaliser en usant de moyens plus ou moins légaux.

— Nous sommes les représentants de la légalité, objecte-t-elle.

— Vous, certes, mais pas moi. Mon rôle est de combattre les criminels et d'obtenir des résultats positifs.

Tiens, s'amadouerait-elle ? Elle ne me rebuffe pas, ne me congédie pas comme un palefrenier ivre.

— Je vais convoquer immédiatement le sieur Moulayan.

Le sieur vous l'offre !

— Me permettez-vous de donner un coup de téléphone, madame le juge ?

Elle désigne l'appareil d'un geste irrité.

Je demande au standard de me passer l'hôtel _Azur Grand Lux_ et c'est fait en moins que pas longtemps. La téléphoniste de l'hôtel m'annonce que Moulayan a dû quitter l'hôtel précipitamment, de même que Mlle Ira Palhuin, la personne qui l'accompagnait. Il a réglé sa note, mais laissé ses valises qu'il devra faire prendre plus tard.

— En ce cas, lui dis-je, passez-moi M. César Pinaud.

Elle répond que oui, mais au bout d'une forte insistance, m'informe que ce dernier ne répond pas.

Parbleu ; le Débris s'est mis à filocher Clément Moulayan. Fasse le ciel qu'il ne se laisse pas décrampinner trop vite !

Je mets le juge au courant de la situasse.

— Vous voyez que j'ai raison quand je vous dis que tout cela manque de promptitude. Le Libanais a eu le temps de fuir. Je vous fiche mon billet qu'il s'est fait conduire à l'aéroport. Il faut immédiatement lancer un avis de recherches, peut-être s'y trouve-t-il encore ?

— Je vais aviser, réagit la magistrate ; je vous remercie, commissaire, mais je n'ai plus besoin de vous.

Elle me décoche à nouveau son regard froid, gardant ses deux jolies menottes bien à plat sur le cuir du vieux sous-main.

— Puis-je me permettre une dernière question ? articulé-je.

— Je pense que nous n'avons plus rien à nous dire, bonsoir.

Alors je me penche vers elle par-dessus la table-bureau.

— Je me tiens à la disposition de la Justice, madame, ne l'oubliez pas : de jour et de nuit.

Là-dessus, je m'en vais. Dans le couloir, je me heurte à l'ami Quibezzoli.

— Et voilà, lui dis-je, tout s'arrange quand on oublie ses mouvements d'humeur. Si nous allions boire une coupe bien fraîche à mon hôtel, collègue ? Manière d'enterrer cette ridicule hache de guerre. On a mieux à se faire que des crocs-en-jambe, vous et moi.

Il hésite, s'apprête à refuser, je le sens.

— Je dois bouffer avec le ministre de l'Intérieur demain soir, chez le grand patron de la Rousse, poursuis-je si vous avec un petit machin à la traîne et dont vous souhaiteriez qu'il s'accélère, je suis votre homme.

Un éclat vite éteint flamboie dans sa prunelle. Il se met à me suivre, comme un âne qui aime les carottes.

Deux bouteilles de champagne vadrouillent dans notre tubulure et le commissaire Quibezzoli commence à prendre un regard de belon double zéro. Il m'a confié l'espoir de sa mutation à Paris et j'ai réchauffé celui-ci au bain-marie des promesses fallacieuses. On se tutoie.

Le jugeant à point, je décide de lui placer ma fameuse botte de Nevers.

— A propos, Brice (c'est là son écologique prénom), qu'as-tu fait du citoyen Courre Martial qui tarabustait les parents Lainfame ?

— Je l'ai filé au ballon !

— En attendant quoi ?

— Que la petite juge décide.

— Tu sais ce qui serait marle, mon grand ? fais-je en vidant le reliquat de la seconde quille dans son godet, ce serait de le relâcher.

Il bondit, ce qui manque le déchaiser.

— Quoi, le relâcher ?

— En organisant une courette bien suave, il nous permettrait de recoller au peloton qui vient fâcheusement de prendre la tangente.

Malgré sa biture en voie de développement, mon éminent confrère hoche la tête :

— Trop risqué ; s'il nous échappait ?

— Ce serait à nous autres d'usiner pour éviter ce genre de gadget.

— La gonzesse va crier au charron et faire tout un cirque ; elle est jolie mais pas marrante, les bonnes femmes investies d'autorité se prennent toutes pour des Jehanne d'Arc. Je ne sais pas si tu as remarqué celle-ci, la façon qu'elle nous parle ! Selon moi, elle manque de bite !

— Les grands esprits se rencontrent, approuvé-je, j'ai déjà posé le même diagnostic à son sujet.

— Tu devrais essayer de la mettre à plat, ricane Quibezzoli, on m'a raconté que tu tombais toutes les frangines qui passaient à promiscuité ?

— On exagère, je ne tombe que celles qui me plaisent, réponds-je modestement. On s'en commande une autre ?

— La dernière, alors. Dis donc, on voit que tu as des accommodements avec le ciel, toi, tes notes de frais t'empêchent pas de roupiller !

C'est le moment que choisit le barman pour m'annoncer qu'on me réclame au fil.

It is Pinuche.

Le Vieillâtre marque sa satisfaction de m'obtenir en ligne par une quinte menue entrecoupée de syllabes sans signification objective.

— Calme-toi, respire à fond, déporte ton mégot sur la gauche, toute, et compte jusqu'à dix avant de parler, lui conseillé-je.

Il souscrit à ces conseils dont le bien-fondé ne lui échappe pas, prend même un temps supplémentaire et commence son récit de Tu-ramènes.

— Il s'est passé pas mal de péripéties et autres incidences depuis ta visite à Moulayan, attaque l'éminent déchet. Je vais te les résumer dans leur ordre chronologique.

« Peu après que tu eusses quitté l'hôtel, Moulayan a quitté sa chambre. Il est sorti, a cherché quelqu'un qui ne se trouvait pas là et a questionné le portier, lui demandant ce qu'il était advenu d'un certain Freddo. Le portier lui a expliqué que tu étais monté dans la voiture et que vous étiez partis en direction de Cannes. Ce qu'entendant, Moulayan s'est précipité à la caisse pour demander sa note immédiatement ; me suis-tu, Antoine ? »

— Comme un porteur de bannière suit le saint sacrement, rassuré-je.

Il toussote d'aise et reprend :

— Ayant payé, il est remonté chercher la fille qui l'accompagnait ainsi que son attaché-caisse. La personne en question paraissait mécontente, néanmoins elle l'a suivi. Ils ont alors pris un taxi et se sont fait conduire à l'aéroport, me suis-tu toujours ?

— La main sur l'épaule, Pinaud, va, mon chérubin, tu me passionnes.

— Une fois à Nice-Côte d'Azur, seul Moulayan est descendu, cependant que le chauffeur attendait, avec la fille toujours assise à l'intérieur. Au bout d'un certain laps de temps, Moulayan a réapparu. Il a ouvert la portière du taxi, mais n'y est pas monté. Il a simplement parlementé avec sa compagne. Puis il a reclaqué la portière et il est rentré dans l'aéroport.

— Qu'as-tu fait alors ?

— J'ai montré ma carte de police au conducteur de mon propre taxi et je lui ai ordonné de filer le premier,

lui donnant rendez-vous à l'*Azur Grand Lux* en fin
d'après-midi. Moi-même j'ai pénétré dans l'aéroport.

— Très très bien, mon vieux Vermoulu. Ah ! si tous
les gâteux étaient seulement comme toi ! Ensuite ?

— Moulayan venait de prendre un billet d'avion pour
Athènes. C'était le vol étranger le plus immédiat : on
appelait déjà les passagers. N'ayant pas suffisamment
d'argent sur moi, je n'ai pu le suivre davantage. Alors
j'ai regagné mon hôtel et je me suis employé à récupérer
l'appareil que tu m'avais demandé de poser, ce à quoi
j'étais parvenu en me faisant passer pour l'intendant de
l'hôtel. Hélas ! l'engin avait disparu.

Je postille :

— Disparu !

— J'ai le regret de te le confirmer.

— Il faut dire que tu l'avais si admirablement plan-
qué ! Un aveugle sans canne blanche l'aurait aperçu !

— Ecoute, mon cher, il est malaisé de trouver une
cachette inexpugnable en présence de deux personnes
qui suivent vos faits et gestes ! rebiffe l'hémorroïdique.

Moi, je me revois chez Moulayan ; et je te parie l'âge
du feu contre celui de ta grand-mère qu'il y a eu un
phénomène de télépathie entre nous, à cet instant : je
l'ai « senti » passer.

La Pinoche reprend, après moult gargarismes à sec :

— Tout n'est pas négatif. Mon taxi est venu au
rendez-vous pour se faire régler, et à ce propos, je te
signale que je suis désormais sans le moindre viatique,
lui ayant remis pour prix de sa course toute la liquidité
dont je disposais et qui se montait à cent treize francs et
quarante centimes. Tu sais que chez nous, Mme Pinaud
tient les cordons de la bourse d'une main de fer et ne
m'alloue pour argent de poche que deux cents francs par
mois. Nous vivons des temps d'inflation et elle place
tout en napoléons.

— Que t'a appris le taximan ? coupé-je, insoucieux de ses opérations boursières.

Je comprends que la découverte de mon petit esgourdeur de poche ait conforté Moulayan dans ses desseins de fuite. J'ignore ce qu'il bricole dans l'affaire, mais il a pigé que c'était scié et qu'il était au seuil de noirs turbins.

— Le premier taxi a conduit la jeune femme au port de Villefranche. Le mien, un garçon jeune et dégourdi, qui me semble s'être piqué au jeu, a attendu un moment pour observer ses agissements.

« Elle s'est rendue à bord d'un petit yacht battant pavillon panaméen et qui se nomme *Gerda III*. Voilà, mon cher, c'est tout ce que je suis en mesure de t'apprendre. »

Son cher remercie. Trouve que le Flasque a bien œuvré, lui conseille de prendre quelque repos dans sa chambre en évitant de s'y faire servir des boissons par trop alcoolisées, et va rejoindre l'ami Quibezzoli, lequel a déjà tronçonné la troisième bouteille de rouille, étant de ces gens qui ont à cœur de s'en foutre jusque-là pour peu qu'ils soient assurés de ne rien débourser.

— Tu vois, me dit-il, j'ai bien réfléchi à ce que tu me demandes, pour le gars que j'ai enchristé ; je pense pas que ça va être possible sans l'accord du juge.

— Eh bien, téléphone-lui pour lui demander la permission de risquer ce coup !

— Gringrinche comme tu la sais, elle va m'envoyer aux fraises !

— Et alors ? Moi, je te fais muter à Paname, c'est pas autre chose ? T'as quoi à espérer d'elle ?

Il plaque sa main devant sa bouche et inverse les réacteurs de manière à se roter dans les intérieurs.

— Hmm, je verrai.

Il verra ! Seulement il ne faut pas qu'il attende d'être

dessoûlé pour « voir », sinon il retrouvera son esprit chagrin et ses idées vinaigrées, l'artiste.

— Vas-y, tube-lui, elle est à l'hôtel. Tu lui dis que t'as un plan génial, fais mousser la savonnette, merde ! La fortune sourit aux audacieux. Tu te rends compte que si tu démantelais l'organisation que je subodore, tu ferais ton entrée à Pantruche au son d'un *Te Deum !* on déroulerait le tapis rouge et la fanfare te jouerait *la Marseillaise.* Faut faire parler de toi, bonhomme ! Les carrières dans un placard sont les plus poussiéreuses !

— Je vais, décide-t-il. Banco, je vais !

Il rote à l'air libre, s'excuse, évente, s'ébranle.

Je le laisse gagner les cabines, d'ensuite de quoi, je m'y rends idem pour réclamer à la gentille standardiste la capitainerie du port de Villefranche. Un préposé qui est en train d'écouter la radio me répond. Je lui raconte que police, naninana, et qu'il me faut avoir des tuyaux discrets sur un petit yacht baptisé *Gerda III* sous pavillon panaméen.

Le gus me rétorque que oui, oui, il est toujours à quai. Son « capitaine » est un Hollandais du nom de Van Delamer. Mais il s'agit d'un yacht de quinze mètres que Van Delamer manœuvre avec seulement l'assistance d'un mataf. Il mouille à Villefranche depuis quatre jours.

Alors bon, très bien, moi je me mets à raconter des trucs au gars de la capitainerie, et à lui expliquer ceci, cela, le comment du pourquoi du chose. La manière qu'il faudra, tu comprends ? Il pige admirablement, paraît très coopératif, voire, à la limite, excité de collaborer avec la police. Je le prie de saluer son épouse de ma part, et lui promets d'envoyer des fruits déconfits à icelle à la première occase.

Je raccroche, presque en même temps que le commissaire Quibezzoli dans la cabine voisine. On se retrouve face à face, yeux dans yeux.

Il me distord une grimace de mauvaise auguration, comme dit Bérurier (qu'à propos, si j'avais pour deux ronds de ce que tu penses, je devrais prendre de ses nouvelles à ce cher agonisant de mes fesses).

— Alors, ça biche, prêcheur ? je rigole.

— Mollo ! Elle veut interroger Courre demain matin, elle me dit que cette histoire est fumeuse et qu'elle m'a probablement été soufflée par toi, que c'est bien ton style Pieds-Nickelés.

La belle âme ! Un instant, tout à l'heure, j'ai cru lire chez elle un certain flottement. Et puis elle s'est ressaisie, Hélène. O combien ! Petite garcerie, va ! Te lui enfoncerais une bouteille de Perrier dans les miches afin qu'elle fasse pschitt ! une bonne fois ! Ça ne devrait pas exister des gonzesses de ce tonneau : belles, romantiques, mais chiantes et bêcheuses ! Elle a été élevée chez les demoiselles de Saint-Machin, sous le haut patronnage de Mme de Maintenon.

Qu'est-ce qui l'a décidée à effectuer ce déplacement sur la Côte ? C'est légal, tu crois ? Faudrait que je me rencarde...

— On va finir la bouteille ? demande Quibezzoli.

— Vas-y tout seul, faut que j'usine.

— Dans quoi vas-tu te lancer, encore ?

— Dans la navigation, je réponds. Le jour commence à en prendre un coup dans l'aile et j'ai juste le temps.

— Le temps de quoi ?

— De faire une connerie de plus.

— C'est bien ce qui me semblait, grince l'autre girouette, regonflée par la jeune Favret et toute prête à me barbouiller de sa bave gastéropodique.

Le barlu que je viens de louer est un pointu de pêcheur bricolé, mesurant environ huit mètres, dont la peinture bleue s'écaille comme le maquillage d'une douairière en fin de soirée. Il s'appelle *Vas-y Titin !*, ce

qui est une exhortation de bon augure. Son moteur à
deux temps trois mouvements fait un bruit comme le
pétomane dans sa baignoire. Ayant casqué la caution,
donné l'assurance, promis le reste, me voilà à l'attaque
du flot berceur.

La mer, assagie par l'imminence du crépuscule, est
lisse comme le dessus de ta desserte d'acajou. Je
contourne le cap séparant la baie de Nice de celle de
Villefranche. Mes petoupetoupetou s'épanouissent sur
la Méditerranée à peu près déserte. Un voilier aux feux
allumés passe, très loin, tellement au bord de la ligne
d'horizon que je crains de le voir basculer dans le vide,
mais non, il conserve son équilibre.

Je me mets à chanter à tue-tronche. Des bribes de
scies anciennes : *O Sole mio,* la *Petite Tonkinoise, J'ai
deux amours, Mon légionnaire* et autres machins dont
j'ignorais qu'ils existassent encore dans mon souvenir.
Les lumières de Villefranche scintillent, réverbérées par
l'eau. Je pique droit sur le port, repère la capitainerie et
me range en coupe devant la construction. Je tombe sur
mon préposé avec lequel j'ai eu cette édifiante converse
téléphonique. Poignées de mains. C'est un gars enve-
loppé, jovial.

— Je vous ai arrangé votre affaire aux petits oignons !
me dit-il.

— Merci grandement. Je vous demande quelques
minutes avant de m'indiquer ma place, j'ai quelques
emplettes à faire.

Et je trace en direction des magasins qui s'apprêtent à
fermer. Il ne me faut pas lerche de temps pour
m'acheter un caban et une casquette de marine qui
accréditent mon personnage. Je pourrais compléter par
une pipe, mais je ne suis pas client, bien qu'aimant
l'odeur de l'Amsterdamer ; jusque-là, les pipes, je ne les
achète pas de série mais me les fais faire sur mesure par

des spécialistes émérites dont j'apprécie la modulation de fréquence.

Mon pote Martin (le capitainier se nomme ainsi) me désigne alors le quai où je dois jeter l'ancre.

Et me voilà à quelques centimètres du *Gerda III,* amarré pépère. Martin qui s'est rencardé, m'a affranchi : ils sont quatre à bord en comptant Ira Palhuin ; il y a Van Delamer et sa femme, un mataf qui ne jacte pas un traître mot de français (du reste, notre langue ne comporte pas de *traîtres* mots, ou s'il en est, ils ne sont pas utilisés dans le langage courant), et la camarade du père Moulayan.

La nuit est superbe comme dans du Van Gogh étoilé. On entend musiquer des radios à bord des bords. Quelques plaisanciers bouffent sur leur pont. Mais dans l'ensemble l'animation, en cette avant-saison, est très réduite.

Je me love dans le petit roof aménagé à l'avant du pointu, et qui est tout juste assez spacieux pour héberger deux couchettes. Le réduit pue le moisi, le poisson et autre chose encore que je n'arrive pas à déterminer avec certitude, mais dès que ça me reviendra je t'enverrai un télégramme. Je laisse mes fringues et revêts le caban, plus un jean dont je me suis muni.

Et si tu t'offrais une petite graille, Tonio ? Une pareille après-midi t'éponge les calories.

Je me choisis un petit troquet sans histoire dans une ruelle agaçante où une terrine maison, en provenance effectivement de la Maison Olida, et une gibelote de lapin dite « bonne femme », mais ça n'arrange rien, car il est de sales bonnes femmes, trompent à la fois ma faim et le temps. Le petit rosé de Provence se laisse boire, selon l'expression connesacrée. Et moi, dit bibi, dit mézigue, dit ma pomme, dit mégnace, je me récapitule tout le fourbi depuis le début. D'un côté Michel Lainfame et sa femme. Il me téléphone pour me dire qu'il l'a tuée, mais quand on parvient chez lui, c'est le cadavre de sa maîtresse qui gît sur le parquet. Une bande de gens douteux, commandés semble-t-il par un banquier libanais nommé Clément Moulayan, assiège la maison de ses parents pour y piéger son épouse, disparue. Celle-ci y vient, mais s'esbigne à temps, d'après le témoignage de la maman Lainfame.

Dès que je plonge le nez dans la fourmilière Moulayan, c'est dare-dare la grosse dispersion, chacun joue la fille de l'air.

Pour concrétiser le blot, je me mets à griffonner la nappe en papier. Le seul avantage qu'on retire des restaurants équipés de ce matériel éphémère c'est qu'au moins on peut écrire en mangeant. J'ai en abomination les nappes de papier et plus encore les serviettes de même métal car, outre l'inconfort desdites, elles me sollicitent la glande écrivaine, si bien qu'au lieu de savourer les mets, j'ai envie de noircir la nappe de mes somptueuses élucubrations.

Pour t'en reviendre, je me livre à un petit exercice constellé de sauce, relevant davantage de la comptabilité que de la littérature. A gauche j'écris « Actif », à droite, « Passif ». Un trait au milieu.

A gauche j'écris : « Courre Martial » et « Ira Palhuin ».

A droite : « Michel Lainfame », « Maryse Lainfame », « Clément Moulayan », « Freddo », « Georges Foutré » et, avec un brin d'hésitation, j'ajoute « Aline Sambois », la victime.

Nouveau temps de réflexion, puis, dans la colonne de l'actif je dépose « Mme Lainfame mère ».

Encore un léger temps ; toujours dans l'actif, je place la gentille « Mimiche ».

Terminé.

Je me permets de saucer mon assiette, l'endroit autorisant ce genre d'abandon contraire aux règles de

civilité. Et puis je bondis et murmure à mon intention
« quel con ! », car je ne suis pas indulgent avec moi-
même, crois-le bien.

Je ressors mon crayon pour inscrire « Van Delamer »
à l'actif. Dès lors, cette colonne remonte presque au
niveau de l'autre. Pour établir la balance, je colle mon
blase dans la première colonne : six à six ! Parce que si
San-Antonio n'est pas à cloquer dans l'actif, ma poule,
t'as qu'à te le mettre entre les jambes !

Je chope mon crayon Bic (j'ai un faible pour les
Arabes), et je note, dans un ballon, quelque part à
droite de mon verre : *Aline Sambois, la victime ?*

En voilà une qu'on se contente de laisser morte dans
son coin de l'histoire. Pourquoi a-t-elle été dessoudée,
en fait ? Tout épastouillé par le fait qu'on m'annonçait
un cadavre précis et que c'est un autre qu'on m'a
proposé, je n'ai pas cherché dans cette direction.
Comme quoi, dans les crimes c'est comme aux passages
à niveau : un meurtre peut en cacher un autre, bien se
gaffer en traversant le bouquin !

— Au rayon dessert, on a tarte aux pommes ou
ananas au kirsch, m'annonce la serveuse à aigrettes.

— Un café, éludé-je.

Elle emporte mon assiette devenue inutile en remuant
ses culottes de cheval sous sa robe de satin noir.

Aline Sambois ! Une morte plutôt insignifiante. Et
qui aurait été butée ailleurs que chez Lainfame. Curieux
comme la méditation est question d'instant, de lieux...
Pourquoi ma pensée se sent-elle si à l'aise dans ce petit
restaurant familial ?

Des points s'éclaircissent. Je me paie une réflexion
judicieuse : Michel Lainfame est directeur de banque ;
Moulayan est également banquier. Autre point d'intérêt : s'il est exact que Maryse Lainfame soit allée chez sa
belle-mère, seule, c'est donc qu'elle est libre de ses
mouvements. En ce cas, pourquoi me donne-t-elle pas

signe de vie ? Parce qu'elle court un danger ? Evidemment, puisque les gars de la bande au Libanais ont pris
des risques pour tenter de la piéger. Qu'attendent-ils
d'elle ? Que représente cette exquise Maryse avec qui
j'eus des joies de très grande qualité à La Baule ? Elle
faisait l'amour avec classe. C'est important, ça, la classe,
quand l'amour n'y est pas vraiment. On peut baiser en
ville, comme on dîne en ville, grâce à elle. Le savoir-
vivre est art de vivre. Pitié à ceux qui en sont dépour-
vus.

Le café a un arrière-goût de caramel. Je le bois à
demi, douille et m'en vais, d'une démarche chaloupée.
N'es-tu pas mataf, ce soir, mon Antonio vaillant ? Mon
éternel coureur de filles et d'aventures ? Ployant mais ne
rompant pas. Enrichi de mille savoirs et de cent mille
amertumes. Méprisant et passionné, mais toujours
allant, allant plus loin, à pas généreux, là où le devoir, le
cul et sa curiosité l'appellent.

Le port est figé. La nuit étoilée. Les haubans font
entendre leur cliquetis de grillons métalliques.

Je rejoins mon bord, comme on dit dans la navigation
et, tapi sur mon pont (mon ponton nos voleurs),
j'écoute le flanc du *Gerda III.*

Tout y est silencieux. Ses passagers s'y trouvent-ils
encore ? Nulle loupiote en provenance de l'intérieur.
San-Antonio se déchausse, se déveste, se décasquette,
opère un mignon rétablissement (thermal), le bord
voisin étant plus haut que le sien. Je tire sur la poignée
de la porte coulissante, et celle-ci n'hésite pas à me
livrer passage. Me voici voilà dans un coquet salon où
flottent des senteurs de melon et de hareng (le Hollandais est un habitué de la caque, c'est sa nature profonde,
avec ses gros sabots et son air comme ses moulins à vent,
il se sustente modestement des produits de cette mer du
Nord dans laquelle il patauge).

Après le salon, se trouve le poste de pilotage ; mais,

entre les deux, un bref escadrin mène à la coursive. Le barlu comporte deux cabines ; en sus, se trouve tout à fait à la proue, une espèce de compartiment sans hublot, qui ne s'aère que par la trappe permettant d'y accéder, ce trou est meublé, si l'on ose dire, d'une étroite couchette dont le soubassement sert de coffre à habits, et d'un lavabo grand comme deux mains mises en conque.

J'ouvre délicatement la porte de la première cabine, tends l'oreille à bout de bras, ne perçois rien, hasarde ma lampe-stylo à faisceau bimélangeur indexé, constate la viduité de la cabine, me dirige d'un simple pivotement vers la seconde, procède comme précédemment et, comme procès d'amants, la découvre inhabitée. Les oiseaux se sont envolés à tire-d'ailes ! Pour lors c'est moi qui bats de l'aile ! O Seigneur, pourquoi permets-Tu que je l'eusse dans le cul, alors que je disposais d'une main courante ! Ma chance proverbiale aurait-elle attrapé la vérole, Dieu tout-puissant ? N'ai-je donc plus le privilège de ce tour de faveur que Tu me réservais ? Je jouissais d'une espèce de priorité confuse, Roi de l'Univers, et Tu me la retires du jour au lendemain ! Se peut-ce ?

Je remonte sur le pont et marche jusqu'au trou d'homme desservant la cabine-niche du marin.

La trappe est soulevée. Un léger ronflement s'échappe de l'entrouverture. Il me reste du moins l'équipage si le commandant a déserté.

Je dégage de ma ceinture ma mignonne bombe soporifique.

Pschttt ! pschttt !

Deux giclées dans les profondeurs et je libère la béquille maintenant la trappe ouverte. Il suffit de compter jusqu'à douze. Ce trou du cul-de-basse-fosse commune est le lieu suprêmement idéal pour envaper un gazier. A douze je relève le trappon. Ma loupiotte me permet d'admirer un gaillard (d'avant puisqu'il est à la proue) figé dans le plus marmoréen des sommeils. Il a la bouche ouverte, et les narines tellement dilatées qu'elles ressemblent à une paire de lunettes de soleil. Je cherche un cordage, ce qui est moins difficile à trouver qu'un court de tennis sur un petit yacht de ce gabarit. Retenant mon souffle, je me coule dans le trou et passe la corde autour de la poitrine du dormeur. Puis vite je ressors respirer l'air salubre de la nuit enchanteresse. Hisser le marin hors de son sépulcre nocturne est pour moi un jeu d'enfant. Une fois qu'il est affalé sur le pont, j'utilise le cordage à son entravage et il m'en reste encore une longueur suffisante pour le descendre à mon propre bord.

Les souffles de la nuit forcissent et la chanson des haubans devient plus sonore.

Ayant exécuté cette manœuvre, je statue sur la conduite à adopter. Convient-il d'attendre un hypothétique retour des plaisanciers ou au contraire de m'esbigner avec mon otage ?

Etant ∖ homme des promptes décisions, j'opte pour la seconde. Quelque chose me dit que Van Delamer et les deux nanas ont mis les bouts pour de bon.

A quoi ça servirait que Vidocq y se décarcasse, si un flic de haute volée ne reniflait pas des certitudes ?

Va, petit mousse, le vent te pousse, que chantait grand-mère, dans son jeune âge ; et mézigue, glandu comme pas trois, je comprenais : « *va, petit mousse, le ventre pousse,* imaginant dès lors un moussaillon bedonnant, espèce de nain obèse agrippé aux voilures.

Je lance le teuf-teuf petoupetonneur, libère le corps mort, puis les amarres.

En route !

Dieu existe. Je ne l'ai pas rencontré, mais Il m'a

téléphoné. A peine sortais-je du port, qu'une forte explosion retentit et qu'un gros brûlot s'installe en bordure du quai.

Le *Gerda III* qui vient de sauter !

PROLÉGOMÈNES

Qui, que, quoi, dont, où...
Et merde !
Ils auront beau dire, faire, sanctionner, interdire, la langue française suivra son bonhomme de chemin. De même que les langues belge, suisse, canadienne, zaïroise. Et cambodgienne, et bulgare, portugaise, finnoise. La langue anglaise, je suis moins certain. C'est devenu une espèce de billet de banque, or la monnaie n'évolue pas, elle dévalue.

Je sens que je te ferais vite chier, lancé comme. Toi, c'est l'histoire qui t'intéresse, ma déconne tu t'en torches. Soit. Avant de céder le terrain à la sottise cavalcadante, je vais te citer un admirable, un que j'aime, un qui détient. Un presque ignoré, tellement grand qu'on ne voit plus son ombre ; tellement belge qu'on n'y prête pas attention ; tellement à moi que je peux te l'offrir : Louis Scutenaire, Bruxelles, France. Il a écrit, entre z'autres : « Je vais vous dire le présent, le passé et l'avenir : votre cul pue, il a toujours pué, il puera toujours. »

Merci, seigneur Scutenaire de nous informer. Le véritable enseignement consiste à apprendre aux gens ce qu'ils savent déjà, d'instinct. Pitié pour ceux qui jamais ne sauront.

— Cela paraît lourd ! nous dit le concierge de nuit.

Tu vois ? Ça y est, j'ai repris le fil. Le fil de la vierge, le fil de la verge, celui de la belle histoire polico-polissonne. Le fil en aiguille, somme toute.

Fil d'or, fil d'étendage sanglant élevé.

On se coltine une manne d'osier contenant, tu l'as déjà deviné, espèce de grand machin, notre pote le marin batave endormi. Pinuche marche menu, suant, s'essoufflant, s'exténuant, et sous chaque instant courbant plus bas la tête.

— Les bouquins, y a rien de plus lourd, confessé-je au nuiteux concierge, un homme assez avancé dans le temps pour avoir franchi le point de non-retour.

— Une pleine malle ! s'exclame-t-il ; monsieur va avoir de quoi lire.

Il montre Pinaud d'un hochement de menton empreint de barbe naissante et de respect.

— Mon ami prépare une thèse sur les cultes polythéistes dans l'empire romain, et il a besoin d'une documentation importante, crois-je judicieux d'ajouter, car je n'aime pas laisser se développer la curiosité des concierges, fussent-ils futiles, de nuit et de palace.

Celui de l'*Azur Grand Lux* pousse l'obligeance jusqu'à nous appeler l'ascenseur, lequel répond au nom exquis de Roux-Combaluzier. La cabine accourt, nous héberge et nous hisse.

Une fois parvenus dans la chambrette du Résidu, nous vidons la malle sur le tapis. Le marin continue d'y pioncer fermement.

Je le bâillonne, ploum ! L'installe dans la vaste penderie : flouttt ! Recoulisse la porte : refloutt !

— Alors ? demande ensuite le noble vieillard.

— Très surprenante journée, fais-je. Tu me gardes ce gentleman jusqu'à demain en veillant à ce qu'il ne soit pas découvert par une dame du service ; dis que tu es souffrant et qu'on doit te ficher la paix.

— Ne sois pas inquiet, San-A.

— Surtout contrôle bien ses liens quand il aura repris conscience, je n'ai pas envie qu'il s'échappe !

— Il ne s'échappera pas ! promet fermement l'homme qui pisse moins vite que son ombre.

La détermination du Sinueux est telle que je le quitte en toute confiance.

Pour aller prendre du repos, crois-tu ?

Voire !

Nous autres, héros de foutriques polars, sommes sur la brèche trente-quatre heures sur vingt-cinq. Toujours cette action qui échevelle, nous pousse au cul, nous entraîne dans le tourbillon du plus loin, du lis-moi, salope ! Du tu mouilles, hein ? Du t'halètes, ma vache haletière. La frénésie ! « Il ouvrit la porte et entra », je te le répéterai au grand jamais suffisamment. Là qu'est la clé du métier. Les jeunes me demandent : « Je veux faire romancier, comment t'est-ce faut-il s'y prendre ? » Moi j'imperturbe pour leur répondre. « Tu commences par : *Chapitre Premier*. A la ligne : *Il ouvrit la porte et entra*, point. Ensuite t'as plus qu'à faire des phrases courtes et à te chatouiller le bulbe avec une plume d'autruche, et puis sous les roustons également, pour mieux faire viendre. »

Donc, fatigué par cette journée émotionnelle, je regagne le cher *Négresco* prestigieux, sous les palmiers qu'agite une brise marine, quand au moment d'y pénétrer, une femme se présente à moi, avec, semble-t-il, l'intention de me racoler. Elle est survêtue d'un imperméable léger comme une capote anglaise (et de même couleur), surcoiffée d'un carré Hermès représentant une course de diligences dans Versailles, avec Louis Quatorze au balcon. Je m'apprête à lui dire que « non, merci, madame, sans façon, j'ai déjà donné », lorsqu'elle me chuchote :

— Cher Antoine, ne sursautez pas, je suis Maryse

Lainfame, allez m'attendre dans votre chambre et laissez votre porte entrouverte.

Moi, impec, je ne bronche pas, continuant ma route comme un honnête homme qui fait la sourde portugaise aux léchantes proposes d'une dame pétasse.

Mais un hym(è)ne de grâce joue dans mon âme de surdoué.

Après avoir tant bataillé pour forcer la solution, ne dirait-on point qu'elle vient à moi ? Spontanément ? C'est féminin, la chance. Et la voici qui m'aborde : « Tu montes, chéri ? »

Je monte.

L'hôtel est tranquille, que juste un prince arabe dérouille sa seizième concubine qui a oublié de baiser sa babouche droite, avant de lui tirlipoter le zozor, mais le temps qu'il lui crève un œil et la paisibilité revient.

Une jubilation m'asticote la nervouze. Me voici tout requinqué et paré pour de nouvelles aventures.

Je grimpe *in my bed-room*, comme disent les Chinois de Hong Kong (qui n'entend qu'un Hong n'entend qu'un Kong).

Maryse, la tant souhaitée, la tant cherchée, Maryse Lainfame est là, en bas, et va être là, en haut, dans un peu moins que tout de suite ! Hip hippique Oural ! comme criait un de mes copains de Magnitogorsk.

Tu parles que je la laisse ouverte, ma lourde !

Le temps de me laver les mains, de m'oindre les joues d'eau de toilette, et de redonner un peu de luisance à mes tatanes avec le bas des doubles rideaux que je suis ultra-prêt à la recevoir. Un peu de radio, pour créer l'ambiance. Je trouve un truc vachement mimi sur Radio-mon-thé-quart-l'eau, à moins que ça ne gicle d'un poste de la côte ligure tellement que c'est sirupeux. De la musique mouille-chatte, comme dit l'archevêque de la synagogue de Chartres.

Un glissement feutré dans le couloir. Toc toc. Elle

pousse l'huis. Entre. Referme, s'adosse à la porte comme cela se fait tout ce qu'il y a de volontiers dans les films, quand un fugitif vient d'atteindre son havre (Seine-Maritime) de grâce (quand ça se passe à Monaco) ou de pets (quand ça se situe dans des lavatories)... Dieu, comme elle est pâle, cernée, bleuie, taraudée par l'angoisse.

Orpheline, violée, tuberculeuse, déportée, affamée ! Tu la soupçonnerais de tous ces avatars et de bien d'autres dont je n'ai pas le temps de dresser un inventaire plus poussé car j'ai oublié de couper les gaz de ma mobylette.

Elle exhale un soupir infini. Des larmes jaillissent soudain de ses yeux, évidemment, car d'où voudrais-tu, sois logique pour une fois !

Compassionné, on le serait témoin, je me jette sur elle, la prends dans mes bras. Les violons semblent suivre mon action et déchaînent à chier partout, vaselineux en diable nioug nioug zwin mionla lalère, polente et couchetapiane, voir Napoli et canner ! Ils nous saupoudrent de parmesan fin râpé ! lacryma-christi en injection ! J'en gode d'entrée de jeu.

— Oh ! fait-elle. Oh ! Antoine, Antoine, si vous saviez...

Et vite, au lieu de me dire, elle enfouit sa détresse dans l'ouverture de mon veston, entre mon cœur et ma carte de l'American Express. A gestes prélatiques, je dénoue son carré Hermès et sa chevelure lui étant rendue l'embellit. Puis je déboutonne son imper, et ses formes restituées la sacralisent. Je pousserais sans me forcer le décarpillage, passant de la robe aux sous-vêtements, mais la décence m'en empêche. Pourtant je me rappelle vivement ses seins bien fermes, son exquis fessier pommé à souhait, ses cuisses bien profilées et sa chatte délectable, d'un châtain tirant sur le vénitien. Dévêtir la femme que l'on presse contre soi est une opération délicate, nécessitant un apprentissage poussé et un entraînement assidu. La gaucherie est fatale, les faux mouvements impardonnables. Tout doit s'accomplir en souplesse, sans impatience. Un ongle qui « accroche », des doigts qui s'exaspèrent sur une fermeture récalcitrante, et le charme se rompt. De Casanova, tu passes connard en deux coups les gros, mon pote ! L'homme à femmes, tout comme un pickpocket, doit s'exercer sur un mannequin lesté de grelots avant de passer à l'action. Le point le plus névralgique, c'est le soutien-gorge. La chierie ! Il existe beaucoup de modes d'agrafages. Et c'est minuscule, ces saletés ! J'ai suivi des cours chez un baron belge un tantisoit ruiné qui possédait une collection exhaustive de tous les modèles de soutiens-loloches. Ses doigts d'aristo fascinaient lorsqu'il faisait sauter pressions ou menus crochets.

« — De la gauche ! prônait-il. Le bras droit enserre la taille, il fait prisonnier. La main gauche butine. Elle erre sur le cou, remet en place des cheveux fous près de l'oreille, dévale l'épaule, plonge en arrière, reconnaît le terrain. Au premier toucher, le conquérant doit identifier la marque du soutien-gorge et par conséquent se référer mentalement à son système de fixation. Ne jamais utiliser le pouce, beaucoup trop balourd, c'est l'empoté de notre main, le pouce, le gros benêt dont on n'est jamais sûr. De préférence, se servir de l'index et du médius en les activant de l'intérieur. Le dégrafage doit s'opérer immédiatement, sans le moindre tâtonnement préjudiciable au climat qui s'est instauré. Certains soutiens-gorge ne comportent qu'une seule fixation, ça c'est du gâteau. Mais la plupart en ont deux. Le fin du fin est de parvenir à libérer simultanément les deux crochets ; on y arrive au bout de quelques années d'expérience. La chienlit vient de ceux qui, par trop sophistiqués, ont des fermetures multiples, implantées souvent en diagonale. Dans ces cas périlleux, ne pas perdre son sang-froid. Aussitôt identifiés, ne cherchez pas à forcer votre talent. Mine de rien, prenez dans votre poche le canif pourvu de minuscules ciseaux que vous aurez préalablement dégagés de leur encoche. Vous coupez délibérément la bride avant la fermeture, en faisant très attention que l'acier de l'instrument n'entre pas en contact avec la peau brûlante (ou supposée telle) de votre partenaire. Surtout que les mâchoires des ciseaux ne mâchouillent pas la bride ; pour pallier la chose, veiller à ce que les lames soient constamment affûtées. Un boucher saurait-il débiter l'escalope avec une lame ébréchée ? Si vous agissez convenablement, la dame ne s'apercevra du forfait qu'au moment de remettre son soutien-chose, c'est-à-dire lorsque vous n'en aurez plus rien à foutre et où il vous sera loisible de lui mettre deux tartes dans la gueule au cas où elle rouscaillerait avec trop de véhémence. »

Ainsi parlait mon baron belge. Une nature.

Et il continuait, le cher homme :

« — Lorsque la bride s'est rendue, surtout pas de précipitation : n'arrachez pas ce double bonichon (pour beaux nichons) afin de vous jeter sur la proie comme un soudard. Non, non : attendez qu'il tombe de lui-même, tel le fruit mûr de sa branche. Oubliez-le jusqu'à ce que le relâchement vous ait livré ce que vous convoitiez. Et alors, je vous en conjure : droit à l'extase ! Feignez la stupeur. Oui, agissez comme si ce délicieux surgissement vous prenait au dépourvu. Que ce soit un don du ciel ! Criez carrément au miracle ! Désormais, le présent vous appartient, libre à vous de lui faire un avenir ! »

Ainsi continuait le baron belge, être d'extrême délicatesse qui ne rêvait que plaids et bosses et pour qui les nuits étaient du rose le plus suave.

Je suis ému, voire même zému, de la retrouver,

Maryse. Pourtant, une « ancienne maîtresse », te disparaît de l'émoi au gré des ventres qui lui succèdent. L'homme perd la mémoire du zob. Ne lui subsiste qu'une vague émotion égrillarde. Moi, de la trouver en femme traquée, ma belle somptueuse de La Baule, si joliment dorée par le soleil atlantique jadis, j'en ai le corgnolon noué, promis !

Elle a l'auréole des martyrs.

Au-dessus de sa tête, alors que la plupart l'ont sur leurs draps.

Chérie, va !

J'essuie ses larmes de mon pouce en spatule : virgule à gauche, virgule à droite.

— Racontez-moi, mon chou chéri.

Et je la conduis jusqu'au lit, lequel est bas, donc propice, avec un matelas multisoupirs Espadon et des tas d'avantages en nature qu'à quoi bon te faire mouiller, ma biche, en te les énumérant, avec tout ce que j'ai encore à débloquer sur cette histoire merdeuse !

Elle s'assied, je m'assois, tout est pour le mieux. J'attends son bon vouloir. Mais pour parler, il faut disposer de cordes vocales libres de tout chagrin. Le sien n'en finit pas de finir. Elle a passé des heures cauchemardesques, des jours... Des nuits, surtout !

Je lui bisouille les lèvres. L'encourager.

— J'ai peur, me dit-elle à bouche portante.

— De qui ?

— Je ne sais pas, ce qui ajoute à mon angoisse.

Quand on connaît son ennemi on sait au moins comment le combattre ou, en tout cas, qui fuir.

Bon, ça démarre, parler fait parler, de même que manger donne faim. Allons-y tranquillos.

— Qu'est-ce qui provoque cette frousse, Maryse ?

— On veut me tuer.

— Qui ?

— Mon mari, probablement.

— Il est en prison.

— Lui, oui, mais pas les gens qui sont derrière lui.

— Quels gens ?

— Mystère.

— Vous ne voulez pas me le dire ?

— Franchement, j'ignore tout d'eux.

— Clément Moulayan, cela vous dit quelque chose ?

— Absolument rien.

— Non plus qu'un Hollandais nommé Van Delamer ?

— Jamais entendu ce nom.

— Comment m'avez-vous trouvé ?

— Par hasard. Je suis exténuée et je cherchais un hôtel où dormir. J'errais sur la Promenade des Anglais quand je vous ai vu quitter l'*Azur Grand Lux...*

Le hasard ! Toujours fidèle au rendez-vous.

— Si nous prenions les choses par le début, Maryse ?

— Je suis ivre de fatigue, voilà des jours que je n'ai pratiquement pas fermé l'œil, somnolant dans ma voiture de louage pour repartir plus loin, n'osant carrément descendre dans un hôtel, fût-il un établissement de province.

— Un bain, ça vous irait ?

— Je ne rêve que de ça.

Je lui désigne la salle d'eau.

— Vous y trouverez tout ce qu'il vous faudra, il y a même de la mousse à l'essence de pin ! Comme je déteste les parfums, mon eau de toilette est d'une neutralité helvétique.

— Merci. Vous croyez que quelqu'un m'a vue entrer dans l'hôtel ?

— Naturellement, mais ce qui importe c'est que le ou les quelqu'uns n'appartiennent pas à la bande qui vous effraie ; à ce propos je vous signale que ses membres ont davantage tendance à me fuir qu'à me surveiller. Détendez-vous. D'ailleurs je suis là, et vous avez confiance en moi puisque vous y êtes également, non ?

— C'est vrai, merci.

Maryse *exit.*

Un brouhaha d'eau coulant impétueusement ne tarde pas à me parvenir. La radio donne le dernier bulletin d'informes. Il s'agit bien de R.M.C. Le poste ensoleillé annonce qu'une explosion a détruit le yacht d'un plaisancier hollandais dans le port de Villefranche.

Quelle surprise !

« Eh bien, me dis-je très franchement, car je suis toujours direct avec moi-même, n'ayant aucune raison prépondérante de me berlurer ; eh bien, mon cher Français, te voici donc près du but, car, maintenant, entre Maryse Lainfame et le mataf du *Gerda III,* tu vas obtenir la vérité. »

Et ma cervelle de se frotter les mains ! Et mon impatience de se frotter les pieds sur le paillasson du triomphe. Et tout mon être de se mettre en état d'érection ! Vive Sana ! Vive la République !

Que pile au plus fort de ma bandaison spirituelle, on retoque à ma porte. Je vais ouvrir, non sans avoir dégainé l'ami Tu-Tues pour le garder dans la poche de mon veston, quitte à faire stopper celui-ci ultérieurement si je dois défourailler à travers l'étoffe, ce qui m'est arrivé à plusieurs reprises au cours d'une carrière si bien remplie que tu ne trouverais pas assez de place pour y loger l'intégrité d'un marchand de voitures d'occasion.

Pas de rebecca en perspective, mais une surprise de taille, malgré qu'elle soit menue. Le juge Favret ! En personne et robe de chambre satinée à revers de soie dans les tons vieux rose !

Alors là, j'en ai les réacteurs qui désalimentent sec, les cannes qui flageolent, les brandillons en branche de sapin, les châsses à meneaux et la menteuse comme un os de sèche.

Elle, là, à minuit et des, un ruban rose nouant ses cheveux, démaquillée mais plus sublime encore.

Hélène! Ma si tant tellement convoitée. Ma féerie du moment! Mon incommensurable (de lièvre)! La fée du (maréchal des) logis! La superbe! La tentante! L'obsédante! L'en : chantante, flammante, jôlante, laçante, luminante, noblissante, quêtante, rageante, soleillante, sorcelante, têtante, thousiasmante, travante, trechoquante, vahissante, veloppante, voûtante (oh! la la! oui!).

Hélène! La jugette sans jugeote! Elle, moi! Nous! Ici! Là! Venue délibérément. Il est minuit! L'heure du crime et du docteur Schweitzer! L'heure de la passion (selon les fruits de Saint-Mathieu) et de l'Alka-Seltzer.

Je n'en peux plus de stupeur! Je me vide de trop la fixer. J'hemorragise! Me voici exsangue! Dolent!

Elle referme la porte. Je la trouve pâle. Un malheur? On aurait tué son greffier? Son chien Pataud aurait contracté le rhume des cimes, saint-bernard à ce point?

— Eh bien me voilà, balbutie-t-elle, c'est bien ce que vous attendiez?

Non! Vraiment! Elle s'apporte pour moi tout seul? C'est un vrai cadeau Bonux? Un don de cosaque du ciel?

J'avance mes deux mains jusqu'à son doux visage. Son regard chavire. Ses lèvres se retroussent. Ma bouche oblitère la sienne, comme l'écrivait naguèrement Jean Dernalier dans son livre publié par les Laboratoires Roussel dans leur collection sur les grands hypnotiques. Le baiser qui s'ensuit pourrait être de Beethoven si Beethoven n'avait pas été sourd.

J'oublie tout!

J'ai tort.

Car la lourde de la salle de bains livre passage à Maryse totalement nue, avec les poils de sa chattoune emperlés de rosée.

Les deux femmes font : « Ah ! » en s'apercevant. Et puis « Oh ! », pour dire de pousser un peu plus avant leur conversation.

Le juge Favret a le dernier mot puisqu'il rajoute « Aooh », kif une Anglaise venant de poser le pied par inadvertance sur le slip du couronnement de la reine d'Angleterre (ne surtout jamais oublier qu'elle en portait un ce jour-là !).

Elle se sauve !

Adieu, juge, veau, vache, cochon, troussée ! Je contemple d'un œil marri mon infortune et le panneau vibrant de la porte durement claquée. Le coup du siècle vient de me passer au ras de la braguette, les gars ! Un douze pareil ne se rattrape jamais. Ce fut une brève victoire. Quel souvenir ébloui sa visite aurait pu me laisser. Et puis, tu vois : fatalitas !

Maryse est toute contrite.

— Je viens de causer un incident regrettable ? déplore-t-elle, avec un rien d'hypocrisie en toile de fond.

Je chique les désinvoltes :

— Une dame insomniaque, qui cherchait à calmer ses nerfs, fais-je lâchement.

Comme c'est pitoyable, un homme ! Et le coq chanta trois fois.

Il s'agit dorénavuche de ne pas sombrer dans l'onde si lasse des éternels regrets. En avant, toute !

— Voulez-vous boire quelque chose, ma chérie ?

— Volontiers.

— Alcool ? je questionne en ouvrant le minibar.

— De préférence.

— Champagne ?

— J'adore.

J'extirpe un quart de Mumm Cordon Rouge que je débouche en trois coups de pouce. Il n'y a qu'un verre à eau sur le petit plateau avoisinant le frigo.

— Dois-je sonner pour obtenir une flûte ?

Maryse hausse les épaules :

— Qu'importe le contenant, quand le contenu est du champagne. Ce verre fera parfaitement l'affaire.

Je verse doucettement le breuvage mousseux. Dis-moi que tu Mumm.

Maryse est assise sur mon plumard, simplement vêtue de l'oreiller qu'elle a placé sur son ventre. Adossée à la tête du lit capitonné, elle considère son destin d'un œil lucide.

La jeune femme se met à raconter son aventure avec la soudaineté d'un poste de radio à déclenchement horaire.

— Le jour du meurtre, je me trouvais dans notre maison de campagne lorsque mon époux m'a appelée de Paris. Il m'a annoncé qu'il lui arrivait un gros ennui susceptible de ruiner sa situation et me priait de le rejoindre immédiatement. Il ne voulait pas que nous nous retrouvions à l'appartement, mais dans le studio d'un ami, aux Ternes. Nous sommes convenus d'une heure, Michel m'a dit qu'au cas où j'arriverais la première, la clé de ce studio serait sous le paillasson. A l'heure dite, j'étais au rendez-vous. Personne ne répondant à mon coup de sonnette, j'ai effectivement découvert la clé là où il m'avait prévenue qu'elle se trouverait. Je suis entrée. L'endroit ressemblait à une garçonnière et empestait le parfum. Des vêtements d'intérieur féminins étaient accrochés dans la salle de bains.

— Vous aviez entendu parler de ce studio ?

— Non, jamais.

— Il vous a cité le nom de l'ami auquel il appartenait ?

— Non plus ; et pour cause...

— C'est-à-dire ?

— Il louait lui-même cet appartement pour sa maîtresse.

— Comment l'avez-vous su ?

— Elle est survenue pendant que j'attendais.

— Passionnant.

— Vous trouvez !

— Au plan du récit, oui. Vous connaissiez son existence ?

— Oh ! je me doutais bien que Michel avait « quelqu'un », notre ménage, vous ne l'ignorez pas, battait de l'aile depuis belle lurette.

— Et alors, cette dame arrive ?

— Elle tenait une valise à la main et a paru sidérée par ma présence. « Ah ! le salaud ! s'est-elle écriée, il profite de mon absence pour recevoir d'autres femmes dans mon propre studio ! » Nous avons échangé quelques explications, histoire de nous révéler l'une à l'autre qui nous étions, ensuite j'ai pris mes cliques et mes claques.

— Elle était rentrée inopinément de voyage ?

— Il semblerait.

— Vous ne vous êtes pas demandée pourquoi Lainfame vous avait donné rendez-vous dans son baisodrome ?

— Je me pose la question sans trêve, répond-elle comme une qui a trouvé la réponse.

Je lui tends le verre de champagne dont la mousse commence à s'assagir.

Elle le prend et l'élève quelque peu en un toast machinal.

— A votre santé ! lui dis-je.

Maryse boit une forte gorgée. Elle a à peine le temps de déglutir, la voilà qui lâche son godet et se met à suffoquer.

« Merde, elle s'étouffe ! pensé-je, comme Sancho le

fit sur son âne. Mieux : elle se meurt. Elle est morte !
Elle a mouru. Elle a mortu. *A votre santé !* viens-je de
lui lancer. Merci pour elle ! »

PROLOGUE

Ne nous perdons pas en vaines lamentations, décoctions, dissertations et bredouillis en tout genre. Affrontons. Assumons. Soyons dignes de cette réputation qui a franchi les frontières à bord du Trans Europe Express et de quelques jets ayant fait leur plein de schizophrènes, comme dit Béru. Ne jamais se désunir, ni se départir. Rester groupés, monolithiques, massifs ! En boule ! En bull-mastif !

La situation est dra-ma-tique. Maiś non désespérée.

Du moins pour moi, car la pauvre chère Maryse est au bout de ses peines, elle.

J'essaie de piger.

Je pige.

C'est moi que j'aurais dû défunter. On a versé deux gouttes d'acide prussique dans l'*unique* verre posé sur le mini-bar. Ainsi ces rascals, comme on dit aux *U.S.A.*, se sont introduits dans ma carrée pour me mijoter ce tour borgiaque. Il leur a suffi d'emporter les autres glass et de laisser ma soif faire le reste ! Ça, c'est astucieux !

Je tâte le pouls de la malheureuse jeune femme. Tout est archifini. Je signe Delacroix. Elle est cannée comme une chaise. Si vite, si sottement...

Ah ! vie cruelle, tu ne nous ménages pas ! Tu aurais même tendance à nous déménager.

Je décroche mon turlu. Sonne le juge Favret.

Elle répond d'un grognement.

— C'est moi, fais-je. Il faut absolument que...

Elle raccroche.

Je rappelle mais son turlu est resté débranché. Alors je griffonne quelques lignes sur le papier de l'hôtel et pars à travers les couloirs semés de beaux tapis. Parvenu devant sa chambre : toc toc ! C'est le grand méchant loup, gentil Chaperon Rouge, avec son petit pot de beurre et son gros braque. Elle s'abstient. Comprenant qu'il serait vain, vin, vingt de réitérer, l'Antonio coule son message sous la porte, ne laissant dépasser à l'extérieur qu'un mignard triangle. Je m'éloigne pour la frime, reviens à concert pas de loup pour m'assurer qu'elle l'a emparé.

Le brimborion de triangle disparaît.

Je compte jusqu'à deux, mais très lentement. « Voilà, me dis-je, elle prend connaissance du mot. » Et, mentalement, je me le récite de mémoire.

Il y est dit : *Hélène, la personne que vous avez vue dans ma chambre n'était autre que Mme Michel Lainfame, à bout de résistance, venue se réfugier ici. Elle est morte peu après votre départ, terrassée par un poison qui m'était destiné. Il faut absolument que nous ayons solutionné cette affaire avant l'aube. Je vous adjure de venir me rejoindre car les choses prennent des proportions démesurées. S.-A.*

Belle prose. Rien à y retrancher. Tout y est exprimé sans effets faciles, avec une grande économie de moyens. Bravo, Sana, Flaubert était un pauvre con, comparé à toi dont les moyens d'expression sont aussi confortables que les moyens d'existence.

Je gagne ma piaule, bien assuré qu'elle va m'y rejoindre. Mais les minutes s'écoulent et rien ne se passe. J'ai rabattu le couvre-lit sur le corps de Maryse. Pour me donner du nerf, j'écluse les petites boutanches d'alcool mises à la disposition des clients en les tutant à même le goulot, tu t'en doutes.

Au bout de vingt minutes, je me dis : « Elle aura voulu faire les choses officiellement, et pour cela se sera rhabillée, refardée, aura réveillé sa vieille guenillerie mitée de Roupille. Ils vont se pointer.

J'attends encore. Je deviens schlass, moi, à force de fatigue et d'alcool absorbé auprès de ce cadavre.

Sais-tu, ô noble glandu, que malgré ce terrible voisinage, je dodeline ? Pour un peu je m'allongerais auprès de la pauvre morte, histoire d'en concasser un chouïe.

Mon menton a tendance à vouloir entrer en communication avec ma poitrine ; mes paupières plombées s'abaissent contre ma volonté. Je commence à rêver. Je suis au dernier étage d'un immense bâtiment lépreux, genre vieille caserne ou groupe scolaire d'avant les guerres. Il y a une cage d'escalier gigantesque, avec de grandes fenêtres à chaque palier. Je m'y trouve en compagnie de Maryse. Elle tient un seau de peinture et un pinceau ; elle porte un ensemble rouge et blanc de chez Chloé. Elle descend l'escalier et disparaît. Je la suis. Parvenu à l'étage inférieur, j'aperçois son seau de peinture et son pinceau devant la fenêtre ouverte. Me penchant à celle-ci, j'aperçois un groupe de militaires en chemises kaki autour d'un cadavre de femme ensanglanté. Mon cœur se fripe. Je me dis : « Elle s'est défenestrée ! » Et pourtant non : Maryse débouche dans la cour. Il ne s'agit pas d'elle. La morte, c'est Aline Sambois, maîtresse de l'infâme Lainfame.

Une sonnerie aigrelette retentit dans les profondeurs du bâtiment, alors les militaires cessent d'entourer la morte et s'éloignent au pas cadencé.

Je m'éveille. La sonnerie continue : celle de mon téléphone. La lucidité m'afflue. Je décroche en m'efforçant de récupérer. La sinistre, la lugubre, la morbide (ou mord bite) réalité me flanque l'âme dans un baril de goudron. Je décroche, croyant qu'il s'agit enfin de mon juge.

— Un certain M. Pinaud insiste pour vous parler, m'informe le concierge de noye.

Je réponds que je suis preneur et le certain M. Pinaud me bêle que le marin batave a repris connaissance et qu'il s'agite dans sa penderie comme un tronçon de serpent coupé en deux. Il a beau être ficelé et bâillonné, il parvient à créer un raffut inquiétant. Que faut-il faire ?

Je réfléchis, mais n'arrive pas à une conclusion, biscotte deux mecs, pas chérubins la moindre, viennent de pénétrer dans ma chambrette, j'ignore comment.

L'un d'eux se précipite au turlu, me l'arrache des pognes et raccroche. Le second va au plumard et dévoile le cadavre.

Pour ma part, je ne vois pas d'autre riposte que de dégainer mon flingue, m'étonnant que ces vilains intrus ne fussent point armés. Car ils ont les mains libres de tout engagement, les féroces.

Je cabriole en arrière, de façon à me trouver à la pointe d'un triangle isocèle (le meilleur le triangle de l'élite), ce qui me permet de les couvrir presque simultanément.

— Ne jouez pas au con, commissaire, me conseille sans se troubler celui qui m'a arraché le combiné, nous appartenons à la police niçoise ; je suis l'officier Jules Fernet et voici mon camarade Luigi Branca.

— On peut voir vos brèmes, collègues ?

Ils produisent du tricolore plastifié désorné de leurs binettes flashées par un photomatuche couleur. Je renfouille Tu-Tues.

— Qui me vaut l'honneur de votre visite ? Le juge Favret, je suppose ?

Au lieu de répondre, mes honorés collègues se

mettent à fureter dans la chambre. L'un ramasse le verre avec son mouchoir et l'hume ; l'autre étudie le visage de la morte.

— Que lui est-il arrivé ? questionne Branca, en désignant la défunte.

— Ce qui aurait dû m'arriver à moi si elle ne m'avait pas réclamé du champagne. Quelqu'un a enduit les parois du verre de cyanure ou d'une autre saloperie aussi expéditive, l'effet a été foudroyant.

— C'est votre petite amie ?

— Non.

— Alors vous recevez les dames à poil ?

La montagne d'explications qu'il va me falloir déballer me décourage. Je me sens vanné, perdu, expulsé. Phénomène de rejet de la société qui, cette nuit, me défèque purement et simplement.

— Ecoutez, les gars, c'est tout un roman, je veux bien faire une déposition, mais pas trente-six, couchez-la directo sur le papelard, qu'on n'ait plus à y revenir !

— A qui téléphoniez-vous lorsque nous sommes entrés ? s'inquiète Fernet, tandis que Branca tute à la dérobée un petit flacon de Cointreau puisé au mini-bar.

— A ma sœur, réponds-je : l'aînée, celle qui a une montre.

Fernet me jette un regard de reproche.

— Vous avez tort de prendre les choses à la légère.

Tirez la chevillette et la bombinette cherra ! Moi, j'ai trop tiré dessus et je morfle. Depuis le départ, je subodore l'affaire à la con !

Le côté Bayard du mec Sana lui vaut une hernie étranglée (r nie être anglais) au pedigree, c'est réglo. « Tu es un ange descendu sur la terre », me dit parfois Félicie quand je lui narre mes équipées chevaleresques. Peut-être, l'ennui c'est que je peux plus remonter !

— Il va falloir me suivre, décide Fernet ; toi, Branca, tu fais le nécessaire pour madame.

Je leur répondrais bien que *l'essentiel* a déjà été fait, mais ce serait de mauvais goût.

La nuit est très avancée pour son âge. Fernet tape à la machine en bras de chemise. Ses manches trop longues sont raccourcies grâce à des élastiques passés au niveau du coude. Il dactylographie très bien, contrairement aux flics de cinoche qu'on voit martyriser des claviers universels avec deux doigts hésitants.

Je cause, je cause. Je dis tout, sauf l'anecdote du *Gerba III*. J'ai l'impression de parler en dormant, voire même de dormir en parlant.

Le copain y va prompto. Lui n'a pas sommeil. Frais comme une rose qui ne se serait pas rasée et puerait un peu de la gueule. Temps à autre, il consulte sa montre en or, dont le placage la plaque, ce qui laisse apparaître le bel acier véritable du boîtier.

Il doit penser à son logement : la bouffe anti-fringale qui l'attend sur le dernier rayon de son frigo, et bobonne, au plume, en train de dormir et dont il relèvera la chemise de noye pour une petite enfilade express, avant de pioncer. Elle s'en apercevra à peine, Mme Fernet. Le coup qui concordera avec celui de la pendule sonnant la demie de quelque chose. C'est beau, la vie, c'est modeste comme un cul endormi.

Lorsque j'en ai fini, il me présente ses fafs à signer. Je les lui dédicace sans même les relire.

— Bon, vous pouvez aller, mais ne quittez pas Nice jusqu'à nouvel ordre, me déclare-t-il.

Dans le fond, c'est pas un méchant, ni un bravache. Il cherche pas à jouer les Zorro. Lui, boulot, boulot !

— Vous avez un petit cabanon dans l'arrière-pays, n'est-ce pas, lui dis-je.

— Comment le savez-vous ?

— Combien de mômes ?

— Trois.

— Et votre épouse cuisine bien mais n'aime pas coudre, exact ?

Il me défrime d'un œil cloaqueux.

— Pourquoi vous dites ça ?

Je souris.

— Votre bide qui s'arrondit annonce la bonne table, et les élastiques pour remonter les manches dénotent un certain relâchement côté cousette. Les bonnes femmes, c'est l'un ou l'autre, vous avez touché la meilleure part, car on n'arrange pas la jaffe avec du caoutchouc.

Fernet rougit. Pourquoi la pensée me vient-elle qu'il me tirerait volontiers un taquet dans le portrait, en gros plan ?

Je lui souris triste.

— Fernet, j'espère que vous me connaissez de réputation et que vous savez que je ne suis pas un douteux ? Blagueur, insolent, ça oui, mais intègre. Farfelu, certes, n'hésitant pas à user de moyens pas toujours homologués, mais flic de devoir.

Il se décide à me voter un sourire plein de dents mal ravaudées.

— On parle de vous comme du dingue de la Poule, il avoue. Un superman *made in Paris :* le cul, la blague, le culot.

— Ajoutez : « et les résultats positifs » pour me faire plaisir, car c'est la finalité de mon action.

— Si vous y tenez, j'ajoute volontiers.

Je lui tends la main, il me confie la sienne. Poilue. Un rien patte de chien. Il est gentil, Fernet-Médor. Ça deviendrait un pote, malgré la mauvaise impression de départ. C'est le type à reconsidérer « dans son contexte » comme disent les ronds-de-phraseurs.

— Ecoute, Jules, je lui chuchote : tu vas m'aider.

— A quoi ?

— J'ai décidé qu'avant l'aube, j'aurai résolu ce mystère.

— T'as de la santé.

— Mon estimable homologue, le commissaire Quibezzoli, a appréhendé un gonzier nommé Martial
Courre, t'es au courant ?

— J'étais là quand on l'a amené.

— Tu vas me rendre le service du siècle.

— C'est cher ?

— Juge toi-même : je voudrais que tu m'enfermes
avec lui !

Fernet libère une moue pas bandante.

— C'est hors de prix, fait-il, et donc hors de question.

— Pourquoi ?

— Je n'ai aucune raison de te boucler.

— En voilà une, fais-je en lui filant mon poing dans le
museau.

Son pif se met à raisiner Wallace.

Je me rappelle Gabin dans *Au-delà des grilles*. Le dur
rouleur : regard blanc, mâchoires contractées, léger
rictus pas enjôleur.

Je m'efforce, en m'installant dans la cage à poules
grillagée d'un côté où le dénommé Courre en écrase, en
chien de flingot, sur une banquette de bois qui a vu
défiler les culs les plus honteux des Alpes-Maritimes.
Une fois bouclarès dans cette volière, on ne voit plus la
vie de la même façon. Dans les lointains, un gros agent
prépare son tiercé dans la loupiote violette d'un néon
tuberculeux. Au-dehors, une rumeur de circulation
subsiste encore, indécise. J'ôte ma veste, la plie soigneu-
sement et la dépose à l'autre extrémité du bat-flanc.
L'endroit pue la détresse : odeur d'alcool, de crasse,
d'eau de Javel impuissante.

Je regarde pioncer Martial. Quelque part, à mille
bornes plus haut en allant vers le pôle Nord, Michel
Lainfame doit roupiller également dans une cellote à
peine plus confortable. Sa maîtresse est morte, et à

présent son épouse aussi, le voilà donc totalement veuf.
Et M. Moulayan ? Sous quels cieux s'est-il réfugié ? Et
Ira, sa belle copine disparue avec le couple hollandu-
che ? Comme salade, c'est de la Batavia, admets ! Et le
fugace Freddo ? Hein ?

Mais c'est vers Hélène que ma pensée tire d'aile. Elle,
venue enfin de son plein gré dans ma chambre, prête à
tous les abandons. Belle et mouillante, offerte ! Putain,
ce manque d'azur ! T'as parfois le destin qui franchit la
raie jaune et va emplâtrer les platanes. Je la tenais, la
respirais, lui allongeais un braque long comme un
discours d'ouverture au vingt-cinquième congrès du
Machin-Chose. Et puis cette conne de Maryse, que paix
à ses cendres, croit opportun de se pointer, avec une
touffe de poils en guise de robe du soir. Mes poings se
crispent. Deviennent boules d'acier. Oh ! je n'en veux
pas à la morte, comment se pourrait-ce ? Mais je ne
pardonne pas au sort de m'avoir joué ce tour-là.

Bon, assez jérémié dans mes appartements privés. Au
turbin, Antoine ! Comme le dit mon pote Renaud :
« Une gonzesse de perdue, c'est dix copains qui reviennent ! » L'emmerde c'est que j'ai pas envie de fourrer
les potes.

Je me penche sur l'endormi. Il est épuisé, Courre
Martial. Mon arrivée ne lui a pas fait remuer un cil.

Je dénoue ma cravate, m'agenouille auprès du
truand. Délicatement, j'insère le petit bout de ma cra-
vetouze entre sa nuque et le banc. Le récupère, tire à
moi de façon à ce que se constituent deux parties d'égale
longueur. Après quoi, je fais un nœud. C'est à cet
instant qu'il se réveille enfin et marque un sursaut.
Alors je serre à tout va. Ce faisant, je me suis couché sur
lui pour le bloquer sur son banc. Il essaie de se dégager,
mais je tire encore plus fort. Ma bouche est à quelques
centimètres de son oreille.

— Calmos, brin d'homme ! chuchoté-je. Si tu ne

réponds pas à mes questions, dans moins de deux
minutes t'auras ta pomme d'Adam dans l'œsophage,
c'est pigé ?

Et comment répondrait-il, alors que je l'étrangle ? En
usant de l'alphabet des sourds-muets ? Mais va-t'en
savoir s'il le connaît, l'artiste. Un râle gargouilleux
s'échappe de sa bouche. Je desserre un peu la prise et
applique le tranchant de ma main gauche sur son haut-
parleur.

— Si tu gueules, t'es viande froide avant que le
dreauper ait eu le temps de trouver sa clé pour venir
ouvrir, j'ai la consigne. Tu me reconnais, j'espère ?
Commissaire San-Antonio, y a pas de « t » à San, la
liaison se fait donc à l'aide du « n », la plupart des gens
se gourent parce qu'ils manquent de subtilité. Si tu ne
deviens pas aussi souple qu'un gant de caoutchouc, c'est
scié pour ta pomme... toujours d'Adam. Les ordres
viennent de très haut. Officiellement tu te seras pendu
dans la cellule. Et tu ne seras pas le premier : tu te rappelles, ce pauvre Baader et les gonziers de sa bande,
l'épidémie qui s'est saisie d'eux, une nuit pareille à celle-
là ? Y a des méthodes qui finissent par s'exporter quand
elles sont bonnes. On vit l'ère de l'espionnage industriel. Dis-moi que t'as tout compris, mon beau loulou ?

J'ôte ma main.

— Oui, oui, fait-il vivement.

— Bravo. Si tu bouffes à ma gamelle, on ne reparlera
jamais de rien et tu chiqueras les comparses ignorants.
Avec un bavard convenable, tu en verras la farce avec
deux marcotins, ça dépendra de tes antécédents.
Sinon...

Sauvage, l'Antonio ! Il tire raide sur les deux extrémités de sa cravate, une bioutifoule Lapidus, peinte à la
main, dans les tons pastel, si c'est pas dommage !

Couac ! fait la gargane de l'apôtre.

Je desserre.

— On sait que tu travailles pour Moulayan, juste ?

— Oui.

— Avec Freddo, Foutré et quelques autres, toujours O.K. ?

— C'est vrai.

— Bon, maintenant pénétrons dans le gras. Si une seule fois tu me réponds que t'es pas au courant, je te fais tirer une menteuse d'un mètre vingt. On reste sur la même longueur d'onde ?

— Toujours.

— Tu commences à me plaire sérieusement, tu vas voir que ça finira par un mariage, nous deux. Dis-moi : Michel Lainfame…

— Eh bien ?

— Il maquille quoi, avec l'équipe Moulayan ?

La réponse est spontanée :

— Ben, des affaires.

— Quelle sorte ?

— Import-export.

— Ça veut tout dire et rien du tout. Pas une histoire marloupine qui ne se cache sous ce double vocable. Quel genre d'affaires font-ils ensemble ?

— Ils vendent des moules !

Fumier, va !

Je tire sur les extrémités de ma baveuse avec une telle rogne que je crains un instant de lui avoir carbonisé une ou deux cervicales. J'ai beau relâcher l'étreinte, Courre reste sans souffle, couaqué à mort. Oh ! dis donc, tu vois pas que j'aie eu un geste malheureux ? J'aurais l'air fufute.

Ensuite je lui secoue le menton. Il a un halètement de julot qui voudrait manger des cornichons en trempant sa tronche dans le bocal.

— Dernier avis, je t'avais prévenu, gars ! grondé-je.

Après quelques démêlés avec son larynx et ses

poumons, lesquels sont en bisbille, il retrouve une vitesse de croisière.

— M'égorgez pas, bordel ! C'est pas un vanne, je vous jure qu'ils vendent des moules en provenance de Hollande.

Du coup je reprends mes billes :

— Avec un dénommé Van Delamer dans le circuit ?

— Exact.

Un temps. La nuit devient de plus en plus poisseuse, un noctambule n'en voudrait même pas pour aller gerber son trop-plein de scotch au pied d'un lampadaire. C'est une noye pour veillée funèbre ou agonisant.

— Pourtant, il travaille dans la banque, Lainfame.

— Ben oui, et Moulayan aussi, ça n'empêche rien.

— Ecoute, fiston, des moules, moi je veux bien, j'ai rien contre les lamellibranches, mais je vois pas ce qui justifie l'intervention d'une équipe de malfrats dans cette exploitation folklorique.

— Van Delamer a un parc d'élevage.

— Et ensuite ?

— Il expédie ses petites pensionnaires en France par camions frigorifiques. Là, Lainfame, sous une raison sociale anonyme les met en conserve, et c'est Moulayan qui achète la production et s'occupe des exportations. Il en vend dans le monde entier.

— La chaîne du bonheur par la moule ! ricané-je. Ça cache quoi ?

Mon pote Courre Martial a une voix pathétique pour déclarer :

— Me butez pas, commissaire. Mais je vous jure sur ma mère que j'en sais rien ! Je suppose qu'il y a une monstre arnaque là-dessous, seulement j'en ignore tout et, croyez-moi, avec un boss comme Moulayan, on se dit que moins on sait de choses, plus on a de perspective d'avenir. Il faut me croire ! Vous voudriez pas que je vous invente n'importe quoi !

Je le regarde dans les vilaines pénombres du poste. Ses yeux ont d'étranges brillances de cataphotes.

— Je vais te faire un beau cadeau, Martial : je vais te croire.

— Sympa, balbutie-t-il.

— En remerciement, toi tu vas continuer de me mouiller la compresse.

— Si je peux, commissaire... si je peux...

— Oublions nos mytiliculteurs et quittons les moules de Hollande pour celles de France ; tu n'ignores pas ce qui est arrivé à la maîtresse de Lainfame ?

— Vaguement.

— Qui l'a scrafée ?

— Là encore, je sais ballepeau.

— Pourtant, placardé chez les parents Lainfame, tu guettais la venue de sa femme ?

— C'est pas pour autant que j'ai trempé dans le décès de sa souris. J'avais ordre d'intercepter Maryse Lainfame. On m'avait montré son portrait, point-à la ligne ; bête et discipliné, Martial. Quand je suis convenablement payé je fais ce qu'on me dit, à condition que ça ne compromette pas la santé de quelqu'un, et surtout pas la mienne.

— Et t'as aucune idée lumineuse au sujet de ce meurtre ?

— Pas la moindre ; comprenez que je ne suis qu'un sous-fifre. Les troufions qui ont gagné Verdun, ils savaient pas pourquoi, tandis que les maréchaux qui l'ont mijoté sur le papier savaient comment tout ça s'est goupillé.

— Ce qui me séduit en toi, c'est que tu es un littéraire, soupiré-je. Maintenant, on va jouer à compléter les cases vides de la grille ; elle siège où, la conserverie de moules de Lainfame ?

— Cagnes-sur-Mer.

— Dis donc, elles se font traiter loin de leur

Néerlande natale, les bouchots de M. Van Delamer. Tu
connais la fabrique ?

— J'y suis allé une fois avec M. Moulayan. C'est pas
très important, du point de vue bâtiment. Sur la droite
avant d'arriver dans Cagnes, c'est indiqué.

— Il vient souvent en France, Moulayan ?

— Chaque mois.

— Il y séjourne longtemps ?

— Trois ou quatre jours.

— Et toi ?

— Moi, quoi ?

— Tu fais quoi pendant son absence ?

— Je bricole.

— Et pendant sa présence ?

— Je bricole aussi.

— Quel genre de bricolage ?

— C'est selon.

Moi qui suis un psychologue laminé à l'extrême (tout
le monde me traite de fin psychologue), je sens qu'une
mignonne renversée s'est opérée depuis un instant.
Courre, qui n'est pas con, a repris le dessus, sentant
parfaitement que je n'étais pas homme à le mettre à
mal. Dans la foulée, tout à l'heure, son sommeil et la
brutalité de mon intervention jouant, il a eu les grelots,
mais quand deux mecs discutent, t'empêcheras pas qu'il
se crée, à leur insu souvent, un climat de confiance.
Puisqu'il a pris confiance, je ne lui fais plus peur, dès
lors, il me pisse à la raie, comme dit volontiers en
conseil des ministres, le brave roi Baudouin de Belgium
qui n'a pas la chaude-pisse, ayant déjà attrapé la reine
Fabiola...

Je me rends parfaitement baron, pardon : je me rends
parfaitement compte, qu'il est vain de continuer mon
petit interro plus avant, car il me berlurera coquette-
ment, l'apôtre. A quoi bon perdre son temps ?

J'ai toujours mon sésame que Pinaud m'a rendu, alors

j'ouvre, sors et referme. Le pandore de surveillance qui hésitait entre *Vertige du Prose* et *Va te faire aimer,* dans la troisième, bondit en me voyant déambuler.

— Halte! il égosille, se débattant farouche avec la patte de fixation de son étui à flingue.

— Minute, minus! objecté-je en lui produisant ma brème.

Ma photo, là-dessus, bien qu'en couleur, ne donne qu'une faible idée de mon personnage, lequel, tu le sais, madame, mériterait d'être en relief.

Il s'agit d'un bâtiment dans les tons crème, avec des caractères d'azur pour annoncer la raison sociale : « EMAFNIAL S.A. Conserves » Moi, trop téléviseur des « Chiffres et des Lettres » pour ne pas, d'un coup d'œil, lire à l'envers le nom de cette boutiquerie, d'émettre le ricanement de circonstance. Y en a qui se foulent pas les muscles du cerveau, je te jure! Le jour où j'aurai besoin d'un code secret, c'est pas à LAIN-FAME A.S. que je le demanderai, ou alors pour cloquer dans une bande dessinée visant les plus de nonante ans.

Courre Martial me l'a précisé : l'entreprise n'est pas très importante. Trente pas sur quinze, tu vois? Et non des pas écartement de Gaulle, lequel arquait vilain des compas ; non plus d'ailleurs que des pas style Toulouse-Lautrec, mais du pas pour salle des pas perdus. Une forte odeur de marée retentit, comme l'écrivait je sais plus qui dans je sais plus quoi, mais ça méritait la dépense.

Je matouze le pourtour, et aussi les environs. L'usi-nette est érigée au centre d'un ancien terrain vague, lequel depuis lors a gagné en précision. Pas besoin d'être grand clerc (de l'une) pour piger qu'un système d'alarme protège l'entreprise. Quand on a de l'odorat, de la jugeote, et une matière grise qui ne poisse pas, c'est une chose qu'on retapisse illico. D'autant qu'il n'existe aucune maison de gardien à proximité.

Je m'envoie une convocation en express pour une conférence au sommet. J'y réponds par retour et nous voilà tous réunis dans la grande salle des délibérations de ma gamberge, San-Antonio et moi, à essayer de déterminer ce qu'il convient de faire, et comment on peut le faire. C'est mézigue qui ai la bonne idée le premier. Je l'expose à moi-même, lequel se déclare d'accord à cent pour cent, ce qui constitue une majorité suffisante.

Auparavant, je vais remiser ma chignole à encablure raisonnable des lieux. Une impasse propice l'accueille, une ombre complice l'enveloppe. Satisfait, je me repointe à pied d'œuvre, non sans m'être muni d'un outil à usages multiples que tu trouveras au B.H.V. à droite de l'escalier principal ; tu ne peux pas te gourer, la vendeuse a un bec-de-lièvre et vend aussi des becs-de-cane.

Mon choix se porte sur la porte principale, composée d'un large panneau basculant et qui permet à des véhicules de pénétrer dans les locaux. Elle est actionnable grâce à une cellule hygiéno scrafeuse, posée à quatre mètres de l'entrée. Elle cesse de fonctionner lorsqu'on coupe le contact. Pour le rétablir, il convient d'introduire une clé spéciale dans une serrure en forme d'interrupteur fixée au-dessus de la cellule, tu me suis ? Tu piges bien tout ? Ah, c'est technique, je sais bien. Je suis un maniaque de la documentation, moi, mon pauvre chéri. Tu sais, il vaut mieux être comme ça que d'avoir la vérole ou de lire les œuvres complètes de Mme Yaourth Noir.

Bibi, pas emprunté pour une fève, je glisse l'un des manches de ma pince sous la serrure, car ce manche est goupillé en arrache-clou, tandis que le second fait tournevis, et tout en exerçant mon métier de flic de choc, j'exerce simultanément une pesée de droite à gauche trois fois égale au poids du liquide déplacé. Le socle d'acier supportant l'interrupteur joue. Moi aussi, mais au con. Gling-gling ! L'autre manche peut se couler par l'interstice. A l'aide d'un caillou, voire même d'une pierre, je frappe la tête de l'outil. Psouc ! J'ai senti que je sectionnais des fils. Parfait. Ces déprédations me suffisent.

Ne me reste qu'à évacuer les lieux. Aucun signal sonore n'a retenti, ce qui n'est pas surprenant, compte tenu de l'isolement de l'usine, si protection d'alarme il y a, celle-ci s'effectue à distance, soit dans un poste de police, soit chez des particuliers. Il faut attendre ; se planquer et laisser lancequiner le mouflon.

Je trouve l'asile qui me convient, à savoir un pin parasol fourchu sur une éminence de terrain. Ses rudes écailles ne vont pas servir la gloire de mon costar, mais peu importe. J'ai donc du pin sur la planche, une fois lové dans cette fourche rugueuse, signe d'une victoire toujours garantie dans mes ouvrages, qu'un jour, merde, je te feinterai en terminant un book dans les noires calamitas, mystères non résolus, dégueulades en tout genre. Manière de vérifier si tu seras capable de m'aimer encore un peu après ce coup d'arnaque. Mais je doute. Je te devine peu pardonneur. Je t'en veux pas : on en est tous là.

Jouant les « Baron Perché », j'attends.

Et ce n'est point trop longuet. Peu *after*, une chignole policière se radine, deux flics en sortent, torches électriques en main, qui se mettent à vérifier le bidule.

Et puis une seconde auto, occupée par un seul mec en civil, vêtu d'un manteau léger et coiffé d'un feutre souple. Il se déplace en s'appuyant sur une canne.

Je le vois parlementer avec les perdreaux. Ces messieurs examinant les lieux, les communs, les lieux communs, tout bien, jusqu'à ce qu'ils découvrent l'ori-

gine de l'alerte. Il y a con s'il y a bulle. Les palabres se
poursuivent encore. Puis l'homme boitillant ouvre la
porte des bureaux et le trio va vérifier à l'intérieur si j'y
suis. Mais l'Antonio demeure sagement dans son arbre
comme le corbeau sur sa branche, bien décidé à ne pas
larguer son frometon.

Un quart d'heure s'écoule. Les poulets vont examiner
les alentours pour chiquer aux consciencieux vis-à-vis du
gars. Vite fait, bien fait. Une locomotive haut le pied
échapperait à leurs investigations si elle n'était pas
peinte en orange fluorescent.

Ils se retirent, le bonhomme à la canne également. Je
décide de compter jusqu'à seize mille huit cent trente
sept avant d'agir.

Et j'agis.
Sans barguigner, cette fois-ci.
Le dispositif d'alarme ne sera réparé que demain.
Sans doute, les poulets ont-ils cru à une tentative de
cambriole avortée. La loi des probabilités excluant une
deuxième violation au cours de la même nuit, ils sont
retournés à la niche, certains d'avoir épouvanté les
malfrats par leur prompte venue.

Ne me reste plus qu'à chanter le grand air de « Cède
ou crève » à la porte des burlingues. C'est l'affaire de
quatre minutes. Je pousse un cri d'allégresse muet, car
un cri peut très bien demeurer mental. Ce serait de moi,
on ne s'exprimerait plus que par cris, ou onomatopées,
comme dans la préhistoire. Quand l'homme a organisé
la parole, il s'est mis à déconner. C'était franchement
pas la peine. Eurf eurf, gnougnouf et berg suffisaient à
mon bonheur. Maintenant on se croit obligé, on affûte,
on tartine, donc on dérape de la pensée « Madame,
quand je vois ton regard posé sur moi, un trouble
étrange m'envahit ». Merde ! son braque, c'est-il-t'y pas
plus fort, plus direct et éloquent ? Des phrases, encore

des phrases, au lit, chez l'épicier, aux enterrements, au Parlement. « Françaises, Français, dans l'intérêt général de la nation, et compte tenu des données fondamentales... » Merde encore ! Merde toujours ! L'économie. Le geste ! Le cri, quoi ! Tiens, j'ai connu un bordel de province chez Mamie Germaine, où la plainte, le cri, le mot étaient tarifés. Elle avait pigé, la gravosse. « Encore ! », « Oh ! voui ! » ça coûtait cinq francs pièce. « Il y avait des « Donne tout » à dix balles. L'article le plus chérot étant « Maman ! ». Elle plaisantait pas avec les grands sentiments, Mme Germaine. Le gazier qui voulait qu'on lui bieurle « Maman » dans les manettes au moment électrique, fallait qu'il passe à la caisse. Vingt-cinq francs ! Toc ! C'est te dire, Mme Germaine, l'économie des mots comme elle la défendait pied à pied. Dans sa crèche (pleine de rois mages) fallait pas s'attendre aux grandes extases lyriques, style « Enfonce-moi ta grosse louloute, grand sauvage ! » ou encore « Arrête, tu me rends folle ! ». Tout dans la sobriété, chez Mme Germaine. Un système de phonie lui permettait de comptabiliser les clameurs. Et si, au moment de raquer, le clille grinchait, ce qui est fréquent chez les mecs venant de s'essorer les burnes, elle lui repassait la bande (si je puis dire). « Comptez vous-même, monsieur Charles ! » L'ergoteur vérifiait et devait admettre le bien-fondé.

Moi, ayant clamé dans mon subconscient, manière de ne déranger personne, tu sais quoi ? Je fais l'inventaire des lieux. En deux coups de crayon à pot je t'en dessine la distribution. L'entrée, avec deux grands burlingues vitrés à droite. Le hall de travail, puis l'aire d'embarquement, très modeste, dans le fond de l'usinette. La zone de mise en conserve comprend : le sas d'arrivage en containers frigorifiques, des tables de décorticage, des chaudrons de stérilisation, une chaîne de mise en bocaux et d'étiquetage, l'emballage, le stockage, très proche de la sortie.

Moi, tu me connais ? Sinon, va falloir tout reprendre depuis le début, remonter aux croisades où un de mes arrière-grands-pères combattit sous les ordres des Onze, et dévaler la pente jusqu'à ce jour d'hui, ou plutôt cette nuit d'hui qui n'en finit pas, mais tant pis, je la passe à Perte et Profit, mes hommes d'affaires habituels qui gèrent ma fortune avec une splendide compétence. Mais admettons que tu me connaisses bien. Au cours de cet éminent récit qui me vaudra un regain d'estime de mes pairs et un surcroît d'activité de ma paire, tu as déjà, à l'aide de ta minuscule cervelle de poche, opéré le raisonnement suivant : des moules arrivent de Hollande, alors qu'on en cultive d'excellentes en France, et notamment à Bouchot dans les Côtes-du-Nord. Ces moules arrivent par modestes quantités, ce qui justifie mal l'exploitation EMAFNIAL S.A. Il est surprenant que la conserverie soit située sur la Côte d'Azur, si loin de leur point de départ. Une équipe bizarre dirigée par un banquier libanais plus étrange encore s'occupe de leur diffusion. Automatiquement, tu penses quoi, técolle ? Comme moi, non ? Ben voyons ! Et toi aussi, petite madame jolie, t'arrives à la conclusion que ce « moulinage » couvre un trafic. On se sert des aimables mollusques aux valves oblongues et renflées pour faire passer des choses de Hollande en France, puis de France dans d'autres pays. Tope là, ma gosse, nous alunissons de conserve (1). Il est en conséquence de quoi judicieux d'examiner les moules d'arrivée, et les moules de départ. Les premières sont dans leurs coquilles, les secondes dans leurs bocaux.

(1) Ceci est un mot d'esprit très représentatif de celui de San-Antonio.

                                                        Renan

« Fort bien, me dis-je en catimini, dialecte que j'utilise volontiers dans les carrières de cas rares, très bien. Commence donc par la fin, Antonio joli. Va ouvrir quelques emballages pour vérifier le contenu de certains bocaux. »

Mes conseils étant des ordres pour moi, je joins le geste à la pensée, escomptant un résultat fructueux.

De l'ongle justement inséré en tranchet, je fends la bande adhésive d'un carton et me saisis d'un bocal. L'étiquette représente des moules dorées sur un lit de riz nappé d'une sauçaille de teinte orangée qui te sublimise les papilles.

Je déventouse le couvercle et hume. Ça sent banal : la moule en ordre de marche, quoi. Je pique un mollusque et le croque lentement. De la moule courante, dodue, qui n'a pas oublié la mer. C'est gentiment caoutchouteux, pas trop. L'Antonio intrépide vide le contenu du bocal sur l'un des comptoirs d'emballage. L'eau se répand. J'examine chacune des moules, en bouffant une au hasard pour m'assurer qu'elle n'est pas truquée. Mais tout me paraît normal. Déçu, je passe à un second bocal du paxif. Mon raisonnement est reparti à la charge. Je me dis, *in extenso* : « Mon Antoine, ce qui est expédié est une chose illicite. Donc elle doit être bien planquée. Redonc, la prudence commande de cacher cette chose par petites quantités. Suppose que, sur l'ensemble d'un carton, une seule moule soit « bricolée » ? Je me livre à un compte rapide. Chaque carton comprend douze bocaux. Il y a une centaine de moules par bocal, ce qui revient à dire que chaque emballage en contient plus de mille ; comment veux-tu qu'on mette la main sur « LA » moule truquée, compte tenu de la quantité ? A moins, bien entendu de « savoir » qu'il y a trafic. Bon, jouant cette hypothèse, ne me reste plus qu'à aller chercher ma chignole pour embarquer un carton complet. J'étudierai la chose à tête reposée ; toutefois, un coup d'oeil aux dossiers factures serait une bonne chose.

Je remets les moules à sec dans le bocal, replace celui-ci dans son carton, rajuste la fermeture au moyen d'un rouleau de bande collante avant de le replacer dans sa pile initiale.

Ayant accompli, je fonce aux bureaux. L'un est destiné aux secrétaires, l'autre au patron, et inversement. Pourquoi ne débuterais-je pas par le second ? Tu m'approuves ? Ça ne fait rien, je vais commencer tout de même par celui-ci.

Une grande stimulance me perpètre, comme l'écrit André Gide dans son *Journal* (1515-1789). Le sentiment d'accéder à la gagne. Le coquetier, une fois de plus, il va être pour le bel Antonio, ma poule. En doutais-tu, jolie charogne ? N'était-ce point inscrit dans la voie lactée (au lait maigre), le marc de café et le prix du bouquin ? Foin de mon épuisement physique qui confine au dénuement : j'agis ! Donc je suis. Agir étant une preuve d'existence autrement évidente que penser, non ? Du moins, je vois les choses ainsi et j'ai l'habitude d'être toujours de mon avis, c'est ce qui fait ma force.

En conséquence de quoi, bureau directorial, please. Il est pourvu d'un coffre-fort dans lequel tu pourrais élever des girafes (l'animal qui ne peut marcher que l'amble, comme M. Canuet). M'attaquer à ce monument avec mon seul sésame, serait d'une audace stupide. Décortique-t-on un destroyer avec un ouvre-boîtes ? Conscient de cette impuissance, je me rabats sur un classeur plus modeste et moins récalcitrant, bien qu'il soit métallique tout de même. Guili-guili, fait mon mignon instrument dans la serrure. Vraoutttt ! répond la porte en s'ouvrant. Poum ! ! ! ! conclut la bombe soporifique qui se trouvait à l'intérieur et que ma manœuvre frauduleuse a déclenchée.

Floc ! doit ajouter l'Antonio en s'affalant sur la

moquette chamois. J'y exécute quelques ruades. Tente
d'y retrouver mon souffle, mais hélas il n'est pas là.
Alors je suffoque, halète, vais aux prunes. Tu ferais
quoi t'est-ce, à ma place, gros malin ? Tu sais, on en
invente, des gaz, qui sont de plus en plus sophistiqués
comme l'on dit à tout propos. Des ultra-rapides ! Des
qui te sautent au cerveau avant que t'aies eu le temps de
comprendre. Là, j'ai tout de même eu le temps d'entra-
ver ce qui se passait, je dois m'estimer heureux.

Et même bienheureux !

A genoux devant le bienheureux San-Antonio,
please ! On a, par le passé, honoré des martyrs qui, en
comparaison, ne valaient pas un coup d'hydromel.

Ma pionce est de longue durée car, lorsque je rouvre
mes calots, l'aube aux doigts d'or caresse les vitrages
environnants.

Un doux moment, malgré le féroce mal de tronche
couché en rond au creux de ma nuque, je crois rêver, et
faire du rêve grand luxe ! Une fille magnifique, comme
on n'en trouve même pas dans mes books, se tient
debout devant moi. Oh ! la personne ! Attention les
z'œils ! Crème de beauté ! Et ce gabarit ! Une Noire, ou
ayant tendance à l'être soit par hérédité, soit par
vocation profonde. Longue, moulée faut voir ! Bottée,
je te prie de constater : des bottes en toile écrue,
renforcées au talon en peau de lézard ou de zob chinois
(c'est seulement au toucher qu'on comprend la différence). Pantalon de fin velours bis. Blouson de cuir
fauve, tee-shirt jaune. Et les cheveux décrêpés, ou pas
crêpés, j'ignore, rabattus sur un seul côté. La bouche
qui te fait jaillir popaul du porte-mine ! Seigneur,
comment parviens-Tu à nous bricoler des gonzesses
aussi belles ? T'as vraiment plus d'un tour dans Ton sac,
révéré Maître. En tout cas, merci ! Ça, c'est pas du
pouvoir perdu !

La Sublime me pousse le menton du bout de sa jolie botte.

— Voilà, il est réveillé, annonce-t-elle à quelqu'un que je ne vois pas.

Je vais pour reprendre mon aplomb, car, générale-ment ça n'est pas ça qui me manque, mais je constate avec un rien de désolation que l'on m'a entravé bras et jambes pendant mon sommeil.

Loin de montrer quelque inquiétude, je soupire :

— Je ne me rappelle pas avoir admiré femme plus belle depuis le jour où je me suis permis de guigner l'ex-reine Juliana par le trou de serrure de sa salle de bains.

L'Hyperbelle (que j'ai un hyperbol de pouvoir contempler) me sourit.

— Vous êtes un sacré curieux, commissaire ! fait-elle d'une voix dont le ramage correspond au plumage.

— Hélas vous aviez prévu et prévenu les curiosités en équipant ce classeur d'une bombe et d'un second signal d'alarme privé, n'est-ce pas, chère féerique créature ?

Elle a un léger sourire qui permet à ses impeccables ratiches scintillantes de me filer un phare de D.C.A. dans les mirettes.

— Qui est-ce qui vous a conduit jusqu'à cette usine ? demande la Mirifique.

— Mon flair ; figurez-vous que la République fran-çaise me rétrocède les impôts de quelques contribuables pour m'inciter à en avoir.

— Il n'existe pas de bon flair sans bon indicateur, répond la Supra-terrestre. Qui vous a parlé de cet endroit ?

— Et le secret de la confession, ma fille, qu'en faites-vous ?

Sa botte s'avance vers mon visage ; talon pointé. Je le déguste sur la bouche. Mes lèvres éclatent. J'écarte mes dents pour qu'elles ne soient pas brisées. La môme pèse de tout son poids. Son foutu talon a un goût de cuir et de

poussière. Il me pénètre jusqu'à la glotte, fend mes
commissures, meurtrit ma langue en la retroussant.
Pour bien affirmer le coup, elle décrit un mouvement de
vrille avec son pied. Cela dure. C'est désagréable. J'en
crève d'étouffement, de douleur.

Quand elle se retire je me mets à cracher comme un
perdu, j'ai du mal à récupérer ma menteuse. Il m'est
déjà arrivé de me fendre la gueule, mais jamais à ce
point.

— Alors ? demande la Plus-que-belle.

— J'ai souvent eu l'estomac dans les talons, jamais
encore le talon dans l'estomac. Dites donc, cette peau
de lézard, ce ne serait pas du synthétique ?

Et dis, la voilà-t-il pas qui me shoote dans les
côtelettes ? Une furie froide ! Je me demande ce qu'elle
peut donner au pieu quand elle inverse les réacteurs ?
Là, tu peux passer un contrat d'entretien chez Espéda,
mon pote ! La lutte de David contre Colgate !

Derrière moi, une voix inconnue, sèche, soucieuse, et
dont je ne puis voir l'émetteur because le bloc du bureau
entre nous, déclare :

— Il faut que d'ici trente minutes tout soit terminé,
Brenda !

La Rarissime opine. Ah ! si cela pouvait être avec
moi ! Elle coule sa main de pianiste de jazz dans la
poche de son élégant blouson à pompons de cuir
mordoré, j'avais omis de te préciser, tu voudras bien
m'excuser, je suis trop zoli pour être Zola ; on cause, on
raconte et j'oublie le plus important. Deux pompons
ravissants qui donnent du chic au blouson. Donc, sa
main *in the pocket* sort de celle-ci un rasoir à manche de
nacre dans lequel est incrusté un léopard femelle.

Elle m'acalifourchonne, la diablesse, à hauteur du
poitrail, m'emprisonnant bien de ses cuisses musclées.

— Si vous pouviez seulement remonter de trente-sept

centimètres, l'ensupplié-je, je vous pratiquerais un petit
solo dont vous me diriez des nouvelles.

— Pas possible !

Elle se penche, pose sa main libre sur ma tête afin de
l'immobiliser.

— Vous n'avez pas de préférence pour l'un de vos
yeux ? demande-t-elle, car je me propose de vous rendre
borgne.

— J'ai seulement onze dixièmes de vision dans le
gauche, rétorqué-je, choisissez-le de préférence.

Elle reste impassible, concentrée par son boulot, elle
est seulement appliquée, comme pourrait l'être une
esthéticienne travaillant sur le physique de M. Michel
Jobert.

La lame s'approche de ma prunelle. Je mets toute la
gomme pour le sursaut du siècle. Ce qui suit alors est
difficile à narrer, compte tenu de la confusion et de la
promptitude, mais attends, le réalisateur va nous passer
le *replay* autant de fois qu'il sera nécessaire à la parfaite
compréhension. Quand on travaille pour les constipés
de la coiffe, faut être outillé.

Je bande mes muscles dorsaux, premier point.
Secundo : me jette en avant. Troisio, dans l'élan, ma
boîte (ou plutôt mon écrin, car compte tenu de ce qu'il
contient, le mot est plus davantage mieux apte) crâ-
nienne (ou crânien) heurte durement le fin menton de la
déesse sombre. Quatrio, sans me départir de quoi que
ce soit, et surtout pas du reste, je saisis l'un des
pompons de cuir avec mes dents carnassières. Cinquio,
je tire fortement à moi. Sixio, la nana noire me bascule
contre. Septio, mon front pur meurtrit pour la seconde
fois consécutive sa figure de madone cirée, lui filant un
étourdissement de première. Huitio, je roule sur moi-
même, l'entraînant dans cette rotation. Neuvio, me
couche sur elle. Elle sent comme j'aime. Une odeur

comme chez Mme Germaine, après la partouze du mardi soir, avant qu'on aère en grand la chambre de travail.

Elle se débat avec les grâces d'une tortue sur le dos.

Bon, cela ne fait que différer le problo car n'oublie pas que je suis toujours entravé. Un bruit de pas. Je vois s'avancer deux jambes d'homme claudiquant, assistées d'une canne. Un déclic. Une lame que je vais te qualifier d'acérée, sans me faire chier la bite car les clichés sont faits pour illustrer les instants critiques après tout, non ? Donc acérée, la lame qui jaillit du bout de la canne : pssouk ! Textuel. Peut-être y a-t-il un « s » de plus, mais je ne suis pas sûr. Longue d'une vingtaine de centimètres, cette lame. Elle quitte mon champ visuel, semé d'étoiles polaires, pour venir se poser au creux de ma nuque.

— Cessez vos grimaces, mon vieux ; vous n'intéressez personne ! déclare la voix.

Une légère pression. La pointe aiguë m'entame la couenne. Je me dis que c'est là qu'on estoque les toros quand le matador a salopé le boulot. Le bulbe en prise directe. Un petit coup sec, et bonsoir madame !

Un pied me pousse sur le côté. Je me dédéesse, non sans regrets car on se fait très bien à une telle posture. J'ai connu des coussins moins moelleux.

Le pauvre Sanan bascule de sa superbe mais trop provisoire monture.

Et c'est pour lors que j'aperçois mon tagoniste. Oh ! stupeur stuprême ! Devine ? Non, mon grand, ne donne pas ta langue, j'en voudrais même pas pour cacheter un faire-part de deuil. Je vais te dire, mais cramponne-toi au bastingage, Totor, y a de la tempête. On joue siphon sur le zinc ! Tu vas être basourdi, promis, juré ! Note bien que t'es chiche de renauder encore, ensuite, lorsque tu sauras, saurien vaurien. Eternel insatisfait, tel que je te pratique depuis des millénaires. Ronchon invétéré. Toujours moutardé de l'anus aux lèvres ! Faut une rare constance pour t'écrire des conneries pareilles, l'ami ! Se rémouler la pensarde, toujours et sans cesse. Escalader son imaginance, plume-baïonnette au canon, merde ! Quand toutes les cadémies t'ouvrent leurs lourdes et t'envoient des vieilles chèvres émissaires te rambiner ; te conjurer d'être enfin raisonnable. « M'sieur l'Antonio, un style qu'on n'avait jamais revu depuis Eschyle, dites, si c'est pas malheureux de gâcher la marchandise en turpidant, alors qu'en ajoutant un tant soi peu de chantilly et en balayant les étrons de votre œuvre vous feriez un admirable gentleman-rider, parmi nous autres, gentlemen ridés. On vous exige pas beaucoup : juste vous rasez les poils de cul de vos bouquins et vous vous passez une noisette de Gomina Argentine (histoire de faire le Malouin) dans les cheveux. Acceptez et vous aurez droit à notre moins branlànt fauteuil, à nos grands cordons, à nos vains donneurs. Déjà qu'on vous médaille, qu'on vous grave dans le marbre, tout bien ! Faut pas hésiter. Il est temps de rentrer dans le rang d'oignons qui vous font chialer. »

Mais l'Antonioche : fume ! J'imperturbe ! Vos gueules les pouettes ! Je reste dans les frites et les ballons de rouge. Fils du peuple, en vers et contre la toux ! D'appartenance socialo-communiste tendance Chirac avec des sympathies Valériennes pour couronner. Va-t'en piger les méandres ! Liberté, amour, sincérité. Tout le reste t'en fais un gros paquet et tu le descends à la poubelle. L'esprit ainsi fagoté, tu peux pas savoir le combien tu es à l'aise. Quand tu te regardes dans la glace, c'est pas pour te cracher à la gueule, mais pour te raser ou t'enlever les points noirs sur le pif. Françaises, Français : je me suis compris ! Vrouhaaaaa ! Cela dit, je ne souhaite pas la mort des cons : j'aime trop mes semblables !

Mais j'en entends qui piaffent. J'en sais qui me

sautent des paragraphes pour vite aller à la manœuvre. Des qui grondent, fulminent, explosent : « Mais il a pas fini de nous faire tarter, ce con, avec ses digressions à discrétion, pas fini de calembreder au lieu d'y dire carrément qui c'est l'homme à la canne ? »

Le papa Lainfame, tout bêtement. Tu te rappelles, à la page je sais plus combien : le gâteux dans sa petite voiture ? Lui ! En chair, os, et muscles. Et il a pas le regard d'une plante en pot, espère. Quel sale œil ! Quelle mine rébarbative ! Oh ! le vilain blafard !

Il m'examine sans la moindre connivence, se foutant que je sois surpris ou pas. Il n'a pas le temps de savourer l'hébétude de l'ennemi.

— Ma parole, vous êtes allé à Lourdes, depuis notre rencontre, lui dis-je.

Mais le vieux fumelard n'apprécie pas la boutade Amora, même quand elle est extra-forte.

Je lis mon avenir dans son regard froid. Et il y est écrit que je ne sortirai pas vivant de sa moulerie.

Il ne peut pas se le permettre.

Chacun ses problèmes.

Je suis le sien.

DÉBUT

Tout en prenant conscience de cette dure réalité, je me dis qu'entre le père et le fils Lainfame, le plus infâme des deux n'est pas celui que je pensais de prime abord. Ah ! vie, comme tu nous ménages des surprises !

Entonnons tous en chœur ce fameux lied teuton *I do, I did*. Et haut les cœurs ! Du moins, haut-le-cœur : ce qui va suivre sera rude, comme disait ce fameux sculpteur qui immortalisa la Marseillaise sur l'Arc de cercle de triomphe.

— Il s'agit de répondre à la question, reprend Jérôme Lainfame : qui vous a indiqué cette usine, commissaire ?

— Le déroulement logique de mon enquête, mon cher miraculé. Les carottes sont un tantinet cuites pour vous. Me trucider ne ferait qu'aggraver votre problème.

— Qui ? insiste-t-il durement, et, à nouveau, la pointe de son arme s'appuie sur ma peau ; mais cette fois c'est la glotte qui est visée.

— Voyons, Lainfame : une épée ! A notre époque ! Vous avez lu ça dans les feuilletons de *L'Epatant*, protesté-je.

Il y a un mouvement rageur et voilà pas ce vieux forban tout ce qu'il y a de pas beau qui me flanque un coup de rapière dans le bras gauche ! Je déguste là, regarde, tu vois ? D'accord, c'est dans ce qu'on appelle le gras, mais dis, ça fait jouir !

— Trêve de persiflage, répondez à ma question, sinon je vous larde de mille trous ! fulmine ce sale nœud rampant.

Il se tait et regarde par-dessus le burlingue. J'entends la porte s'ouvrir à la volée. Je vois surgir deux paires de jambes.

Illico j'identifie les quatre pieds, à leurs chaussures éculées, bâillantes, tordues, curédarsiennes, van-goghiennes, poulbotiennes, mal lacées, délaissées, inci-rées, éclatées, pareilles à de vieux tubercules en train de germer et de pourrir à la fois, car si le grain ne meurt, hein, eh bien il en va de même du soulier pinulcien et de la godasse béruréenne : il faut que la grolle périsse pour que le panard germe et s'épanouisse et conquière cette surface vitale permettant à l'individu d'assurer sa verti-cale et son déplacement.

Ces quatre vieux chers souliers s'avancent jusqu'à moi.

— Oh ! pardon, t'fais équipe de noye ! s'exclame L'Enflure en m'apercevant à merci, merci bien.

Puis, constatant le père Lainfame et sa collaboratrice noire.

— C'est c'vieux kroum et c'te noirpiote qui te font des misères, mec ? Ben, dis : tu baisses dans l'esploit guerrier ! T'laisser blouser par un croulant et une nana, faut qu't'as la courroie d'transmission qui s'détend !

Et joignant le g. à la p., il carnage en un temps record, le Surgros. Une manchette au cou de la déesse la couche pour un bout ; un crochet au bouc du vioque le léthargise pour encore plus. Le Mammouth se fige, désemparé par cette victoire sans gloire, cherchant d'autres adversaires à sa mesure.

La Banane, de ce temps-là, comme on dit en Yveli-nes, me déligote. *Stand up,* l'Antonio ! Voilà, je suis tout à vous, jolie médème ! Vous pouvez ôter votre culotte, où est-ce qu'on se met ?

— Je sais que mon valeureux Béru a le secret des arrivées aussi inopinées qu'opportunes, fais-je, d'un ton professoral, mais j'aimerais savoir comment de l'état de moribond parisien il est passé à celui de superman niçois ?

Sa Seigneurerie Lardeuse hausse les épaules.

— 'Magine toi que la Pine, elle, prend d'mes nouvelles quand t'est-ce j'sus malade. Ayant su où qu'vous étiez et m'trouvant rétabli par une andouillette lyonnaise à la moutarde, j'sus venu recoller au ploton d'à toutes fins utiles.

Quelque chose me frappe, c'est la facilité avec laquelle on est amené souvent à changer d'emploi, dans cette existence bizarrement brève, mais bien suffisante commak avec tous ces cons cerneurs. Il y a une poussière de moment, papa Lainfame m'interrogeait, et voilà que j'interroge à mon tour à l'aide de la même question.

— Qui vous a parlé de cette usine, les gars ?

Pinaud se gargarise. Son cou de pintade accordéone, il sourit d'aise, débute par un « Eh bien voilà » que le Ténor fauche net :

— Tu y'avais confié un mataf, oublille pas. Un escoongle hollandais, ou néerlandais, ou qu'était des Pays-Bas, j'sais plus au juste. J'ai questionné ce mec bien prop'ment et y s'a affalé, biscotte quand j'y ai t'eu cassé les cinq doigts et le pouce d'la pogne gauche, y l'a décidé de garder intacs ceux d'sa droite.

— Tu l'as interrogé, tu l'as interrogé, mais il ne jacte pas une broque de français.

— Exaguete, par cont' y cause l'allemand.

— Aucun de vous deux, que je sache, ne pratique ce bas patois ?

— J'en circonviens pas, mec, mais Marie-Marie est

licencieuse en boche, je te prille d't'rappeler. On a pratiqué par téléphone. Jus'ment elle potassait à la maison. Pinuche tenait l'appareil au mec tandis que je le manipulais. La Musaraigne a servi d'interprêtre.

— Que vous a-t-il raconté ?

— Une combine, comme quoi son patron espédiait des moules sur la Côte, qu'on les bricolait ici, et qu'un banquier du Bilan, ou du Liban, j'sais plus, les fourvoyait de part l'monde.

— Quoi d'autre ?

— C'est tout, mais tu veux qu'j't'en apprends une bien bonne ? C'est pas la flotte qui m'a empoisonné, mais des moules dont justement j'avais bouffé crues, la veille, au troquet du père Finfin. Ce vieux zob, c'est la dernière fois que je jaffe des crustacés chez lui, déjà les escargots, l'hiver dernier m'avaient barbouillé. Ce qu'il a, c'est qu'il a pas de chamb' froide, tu comprends ? Chez sa pomme, la denrée périssable elle est périte d'puis lulure quand tu la clapes.

Il soupire à fendre bûche.

— N'empêche que ça me chicane de deviendre fragile des bronches. Aut'fois je digérais tout, même les autruches, souviens-toi, en Afrique. Et quand tu penses : une douzaine de moules qu'ont tourné d'l'œil, et v'là ton Gros à l'articulation d'la mort. Bon, qu'est-ce on fait ?

— Le ménage, réponds-je. Il est grand temps qu'on s'occupe des moules d'ici.

Dix heures devraient sonner à ma montre si elle comportait un clocher, mais comme il s'agit d'une extra-plate à quartz, elle n'est même pas équipée d'un carillon Westminster.

La jolie juge Favret est assise en face de moi, très droite dans et derrière un bureau mis à sa disposition par l'Administration niçoise. Il porte un tailleur Chanel, le juge Favret, dans les bleu sombre, avec un chemisier blanc et un tour de cou de chez Bulgari comme les aime Françoise. Jamais elle n'a paru plus sobrement élégante, plus sérieuse, plus professionnelle.

Ses yeux me friment kif si j'étais un prévenu. Prévenu, cela dit, je le suis. Je sais tout d'elle. Et comme elle ne l'ignore pas, elle m'en déteste, ce matin. Pourtant il fait soleil. Du vrai, sur fond d'azur. Dans son coin, le père Roupille ressemble à Pinaud. Un Pinaud acerbe (comme disent les Croates). Il polit son matériel à l'aide d'une peau de chamois synthétique (pas faire capoter le système glandulaire de Mme Bardot qui en a déjà pris un tel coup avec tous ces petits phoques massacrés, merde ! Que si je m'écoutais j'irais avec elle faire fondre la banquise.) On entend, venant des dehors, un marteau-piqueur : un pote à Spagiari, probable, qui fait son petit bonhomme de chemin.

— Vous avez souhaité que je vous écoute, déclare le juge Favret, cela tombe d'autant mieux que je me proposais de vous convoquer.

Me convoquer ! Je vas la convoquer dans un plumard d'ici peu, ça ne va pas traîner.

— On pourrait peut-être fermer la fenêtre ? suggéré-je, j'adore les piverts, mais trop c'est trop.

Sans attendre son acquiescement, je me lève pour lourder. Un relatif silence s'ensuit qui nous fait du bien.

— Qu'avez-vous à déclarer, monsieur le commissaire ?

Sourire équivoque du bel Antonio.

— A déclarer, mon Dieu, toujours la même chose, réponds-je en appuyant tant que ça peut de l'œil et de la voix.

« Avec en bonus, cette fois, toute la vérité sur cette étrange affaire », ajouté-je.

Elle croise ses jolies mains sur un méchant buvard, rose comme le sourire gingival d'un académicien.

— La vérité !

— Ne vous l'avais-je pas promise pour ce matin, madame le juge ?

— Eh bien ! je vous écoute ! Etes-vous prêt, monsieur Roupille ?

— Mrumphhh mrumphh, répond l'évadé de l'époque glaciaire.

Je le désigne du menton.

— Vous devriez moderniser l'outillage, juge, soupiré-je. Ne me dites pas qu'un magnéto à prix moyen ne serait pas plus efficace et constituerait une compagnie plus agréable que ce vieux scribouillard plein de tics et de relents !

Hélène claque son sous-main de la main.

— Je vous en prie, commissaire ! Je ne tolérerai aucune plaisanterie de ce genre !

Mais son regard se met à rire, et son nez, et ses joues. Tout rigole soudain en elle, sauf sa bouche qu'elle s'efforce de maintenir pincée.

Elle déglutit, fait un effort et propose :

— Commencez !

— Vous rappelez-vous de l'affaire Morutti ? Ce financier romain disparu en mer, il y a treize ans ? Son yacht avait pris feu, il n'y eut qu'un seul survivant qu'on retrouva dans un bateau pneumatique équipé d'un émetteur d'alarme XX 56 à fulmigation protozoée ? Le bruit courait que Morutti se livrait à un gros trafic de devises américaines. Eh bien, le rescapé du naufrage n'était autre qu'un certain Jérôme Lainfame, père de Michel. Deux ans plus tôt, le même papa Lainfame avait été longuement entendu par un de vos confrères qui instruisait l'affaire de l'avion Paris-Beyrouth désintégré en plein ciel par une bombe. Lainfame devait se trouver à bord, ayant fait enregistrer ses bagages, mais il s'était évanoui dans la salle d'embarquement au moment de l'appel des passagers : malaise cardiaque et n'avait pu prendre l'avion…

J'adresse un baiser muet, du bout des lèvres à ma jugette qui s'empresse de rougir et de détourner les yeux.

— Cela, dis-je en guise de préambule, afin de vous situer le personnage. Vous comprenez qu'avec une hérédité pareille, Michel, le rejeton, puisse n'être pas blanc-bleu. Le père et le fils, de connivence avec deux escrocs… de haut vol, si je puis dire, histoire de détendre l'atmosphère et de voir vos jolies lèvres découvrir vos jolies dents (inutile de transcrire cela, révérend père Roupille), le père et fils, donc s'acoquinant avec une paire de forbans dont l'un est hollandais et l'autre syrien habitant le Liban, ont monté un trafic d'un genre absolument nouveau.

A cet instant précis de mon passionnant récit, on frappe à la porte bureautale. « Entrez ! » conseille le juge. Bérurier bérure, solide, sanguin, sans gains, sans gêne, la braguette mal fagotée, une poche du veston arrachée, le chapeau haut relevé, mastiquant encore des aliments riches en calories.

— Scusez-moi si j'vous d'mande pardon, fait-il, j'apporte ce dont à propos d'quoi tu m'as d'mandé d'm'manier le cul, moi et Pinaud.

Il adresse un sourire à Hélène, puis un rond de jambe Louis Quatorzième arrondissement.

— Ravi d'vous faire la connaissance, dit-il, quand est-ce on se trouve av'c des juges comme vous, vaut mieux êt'prévenu !

Et il pouffe de sa saillie.

D'un geste infiniment noble, il dépose un méchant sac de papier sur le burlingue.

— Enfin, tout s'sera passé sans infusion d'sang, déclare l'Enorme. Et c'qu'a eu d'bon, c'est qu'le vieux n's'est point trop fait tirer la queue pou's'mett'à table, il arrive à un âge que la nature rébellionne plus ; on a eu vite trouvé un motus vivandière, moi et lui, pas vrai, Tonio ?

Sans façon, le Mastar s'installe dans un fauteuil de cuir fendillé menu, fait mine de réprimer un rot, sans pleinement y parvenir, et camoufle un pet en grincement de siège avec une sagacité diabolique. Il me cligne de l'œil.

— Y a qu'pour l'odeur qu'j'aye pas la parade, murmure l'Mondain : faudrait beaucoup d'ail, mais y a des dames qui craindent.

Là-dessus, soucieux d'aller jusqu'au bout des belles manières, il ôte son chapeau et l'accroche à son soulier après avoir croisé les jambes.

— Vous le voyez, soupiré-je, à l'intention d'Hélène, chacun a des auxiliaires pittoresques, les vôtres donnent dans l'ulcère à l'estomac, les miens dans la scatologie triomphante.

Elle me désigne le paquet apporté par l'Enflure.

— Le papier est détrempé, note-t-elle, il va se crever.

Je plonge la main dedans et en ressors une belle moule à la coquille d'un noir bleuté.

— Voici le véhicule idéal convenant au trafic de nos lascars, madame le juge. Cette moule vaut sans doute plusieurs millions d'anciens francs.

Je la lui tends.

— Si vous voulez bien l'examiner, il y a des lavabos dans le couloir où vous pourrez vous laver les mains.

Hélène, très intriguée, on le serait à moins, on le serait témoin, se saisit du mollusque un tantisoit entrebâillé, insère la lame d'un coupe-papier pour le forcer tout à fait et écarte les deux volets de la coquille, découvrant la bébête, orangée et blanche, grasse, appétissante.

— Eh bien ? demande-t-elle.

— Poursuivez vos investigations, juge !

Un peu écœurée par son geste vivisecteur, la belle magistrate plonge la pointe du coupe-papier dans le corps de la moule. Pas ragoûtant. Des trucs se mettent à flouzer, liquides brunâtres à forte senteur d'iode.

— Il n'y a rien, fait-elle.

Béru se lève.

— Si vous permettrez, dit-il, c'est manière de pas laisser perdre.

Il porte le mollusque charnu à sa bouche et l'arrache à sa maison natale d'une succion capable de provoquer une dépression atmosphérique.

Cette goulance accomplie, il repose la coquille sur le sous-main.

— Au diable vos cachotteries, s'impatiente le juge ; à quoi riment vos ridicules démonstrations !

— Vous donnez votre langue ? dis-je, en mettant dans la question un tas d'intentions gros comme le résultat d'une grève d'un mois des éboueurs parisiens.

Elle soupire de rage.

— Alors cherchez, cherchez toujours ! ajouté-je.

Hélène saisit la coquille entre le pouce et l'index, comme on prend une chose souillée avec des pincettes.

— Que voulez-vous chercher dans une coquille vide !

— Elle est vide, et pourtant elle vaut une petite fortune.

— Elle est en or ?

— Si elle était en or, elle serait plus lourde et ne détiendrait pas une valeur exceptionnelle. Etudiez-en la partie extérieure.

Le juge retourne la coquille. Comme sur beaucoup de moules un petit coquillage parasite, d'un blanc verdâtre, s'est fixé à la paroi.

— Ça ? demande mon interlocutrice.

Je sors mon canif de ma fouille.

— La lame de votre coupe-papier est trop épaisse, servez-vous de celle-ci pour détacher le petit coquillage.

Le père Roupille a largué ses feuilles à conneries pour s'approcher. Il souffle fort, par-dessus l'épaule d'Hélène, faisant frémir les délicats cheveux de la chère convoitée. Elle cigogne menu la base du coquillage, au bout du compte, il finit par se détacher de la maison mère et tombe sur le buvard. Il est farci de mastic.

— Evidez-le ! enjoins-je.

Elle.

Et bon, pas la peine de te faire tarter plus longuement, quand ma jugeuse a pétri le mastic, elle sort un diamant d'au moins trois carats de la coquille parasite.

— Mon Dieu ! s'exclame-t-elle, en superbe fille d'Eve qu'elle ne pourra jamais s'empêcher d'être, tout juge d'instruction qu'elle soit.

— Astucieux, non ? exulté-je. Les moules arrivent de Hollande par sacs de cinquante litres ; chaque sac contient dix moules truquées. Quel fonctionnaire des douanes, aussi zélé et astucieux soit-il, s'amuserait à gratter les quelques coquilles pourvues d'un petit parasite ? Ceux-ci subsistent jusque dans notre assiette, généralement, et nous sont familiers. D'ailleurs, dix moules sur une telle quantité représentent peu de chose !

« Seulement, à chaque envoi, il arrive une centaine de sacs, ce qui représente un millier de diamants par voyage. Lucratif, non ? »

— Allez écrire, Roupille ! dit sèchement Hélène à son vieux hareng saur qui a tendance à se vautrer sur son épaule pour mieux admirer la pierre.

La vieille chaude-pisse regagne sa place, l'oreille et la couille basses.

— Mais attendez, ce n'est pas tout, madame le juge. Je vous ai parlé d'un trafic astucieux, vous allez constater qu'il l'est sur toute la ligne. Dans une première phase, les moules arrivent de Hollande, lestées de diamants, fort bien. Or, une fois en France, elles sont

décortiquées et accommodées en conserve. Les diamants restent ici. Depuis le changement de régime, ils
constituent une valeur refuge idéale pour tous ceux qui
n'ont pas le courage de passer une frontière avec leur
fric clandestin. Les moules qui quittent la France sont
équipées d'autre chose. Béru, please !

Sa Majesté somnolente se dresse.

— C't' à propos d'quel sujet, m'sieur l'abbé ?

— Un bocal magique, et un !

— Où lavais-je la tête !

Il se lève, fouille son pantalon et ramène de sa poche
droite, généreuse comme une hotte de Père Noël, un
bocal de moules fabrication EMAFNIAL S.A.

— Tu es sûr que c'est un bon ?

— Authentificionné par l'vieux Lainfame, y a pas
possibilité d'gourance : chaque bocaux contient deux
moumoules magiques.

— Laquelle est la bonne ?

— Celles qu'ont les yeux bleus, plaisante le grand
humoriste de la maison Poulman.

Devant mon manque absolu d'hilarité, et malgré sa
déception consécutive, il déclare brièvement :

— Les « bonnes » sont pas d'la même race, è sont
toutes petiotes, alors qu'toutes les autres ont le gabarit
moule de choc. D'ailleurs, mate à travers l'verre du
bocaux : on les asperge.

« Tu les voyes, là, mignardes, très pâlichonnes com-
parétiv'ment à leurs grosses frangines ? »

Je déverrouille le couvercle et, toujours à l'aide de ce
fameux coupe-papier, je parviens à extraire les deux
mollusques incriminés.

— Vous aimez, les moules, juge ?

— Oui, pourquoi ?

— Nous allons en manger chacun une, prenez celle
que vous voudrez.

— Mais vous ne m'avez pas dit...

— Bon Dieu, ayez confiance en moi au moins une toute petite fois ! Je viens de vous assurer gloire et promotion en déchiffrant cette énigme, non ? Mangez-en une, vous dis-je.

Elle prend l'une des moules sans enthousiasme, la flaire, la porte à ses lèvres. Moi je clape la seconde à coups de dents énergiques.

— Fameux, non ? Elle a un goût plus iodé que généralement.

Hélène se décide enfin. Elle mange la petite bête mais vraiment pour m'être agréable.

— Je lui trouve un étrange arrière-goût, remarque-t-elle.

— C'est l'extrait de cantharide qui fait ça, madame le juge.

— Hein, pardon ?

— Tous ces bocaux sont expédiés dans des pays du Moyen-Orient où les riches petrolmen consomment les petites moules auxquelles nos jolis messieurs ont injecté une dose de cantharide F G 813, la plus aphrodisiaque qui soit au monde... Ils paient cela une fortune, car vous n'ignorez pas que le Moyen-Oriental aime faire l'amour presque autant que moi ; bien que naturellement doué, il est ingavable et part du principe que la meilleure chose qui puisse arriver à un ivrogne, c'est d'avoir soif !

Mais le juge Favret ne m'écoute plus. Très pâle, il me fixe, la bouche entrouverte, le regard proéminent.

— Ça ne va pas ? demandé-je.

— Est-ce que c'est-il que la poud' d'perlimpin y f'rait déjà de l'effet ? lance l'Amuseur public. Maâme la jugesse, bich'rait-il déjà ses vapeurs dorées ? On dit qu'l'effet est rapidos, j'te vous prédis un' de ces parties de jambons qui feront date dans la magistralture debout, mes amis !

Il se frotte les mains.

— Soye dit entr' nous et la place Masséna, je m'ai mis

deux trois bocals d'côté pour à la maison, moi et Berthe, les somptueuses retrouvailles... C'est mérité, non ?

— Vous avez osé ! finit par articuler Hélène. Il y a atteinte à...

Je l'interromps :

— Hé ! mollo, juge. Je vous ai seulement proposé de vérifier le bien-fondé de ce que j'avançais. Vous réclamez des preuves, non ? C'est votre boulot. Et d'ailleurs, je me suis livré également à l'expérience...

Entre ses dents, elle lance :

— Salaud !

Je ne bronche pas.

— Ecrivez, écrivez, m'sieur Roupille ! Insulte à officier de police, dites, vous jouez avec votre carrière, madame le juge !

Roupille fulmigène :

— Vous êtes un triste individu, commissaire. Vos manigances sont une honte pour la police.

— Je sais, fais-je, le ministre de l'Intérieur se gave de Librium 5 à cause de moi ; par contre, si je suis sa honte, je constitue également sa gloire, non ? A propos, que je vous termine l'histoire, petite juge adorée (vous voyez les premiers symptômes de la cantharide...).

« Donc, l'association de forbans. Papa Lainfame, depuis des années, afin d'avoir les coudées franches, curieusement, joue les paralytiques. Son unique hoir fait une carrière honorable. Mais Michel a un talon d'Achille : les femmes. Ça ne va plus du tout avec la sienne. Il décide de s'en débarrasser. Hélas, il a commis l'imprudence (par prudence d'ailleurs) de mettre l'affaire EMAFNIAL au nom de Maryse, un divorce foutrait l'organisation dans la... chose ; vous me suivez ? »

— Oui, fait-elle, et sa voix a des inflexions sucrées.

— D'ailleurs, il veut davantage qu'un divorce : son élimination pure et simple. Mais il n'a pas le courage de perpétrer un tel forfait. Alors une idée diabolique germe dans son esprit, comme l'écrivent joliment nombre de mes confrères qui possèdent un beau brin de plume dans l'anus. Il alerte ses complices, leur déclare que son épouse a tout découvert à propos de leur trafic mignon et qu'il convient de la neutraliser définitivement et très vite. Les copains en sont d'accord. Qui prend en charge l'exécution ? Ce sera à vous de démêler l'échevau, jolie jument il faut bien que vous participiez un peu à l'instruction de cette affaire, n'est-ce pas ?

Elle se crispe, me flanque une œillade mauvaise qui m'atteint au front ; mais j'en ai essuyé d'autres avec ma pochette de soie.

— Un guet-apens est organisé. Savez-vous où ? L'horreur, ma poule !

Hélène se tourne vers son asthmatique.

— Vous ne mentionnez pas, bien entendu, les libertés de langage du commissaire, monsieur Roupille !

— Evidemment, fait l'autre, et sa voix hostile produit le bruit d'un vieux tramway dans un virage.

Je poursuis, de plus en plus allumé, dopé, fort, content, sûr de moi, de ma victoire, de mon triomphe, de la grosse zimoulette que je vais lui carrer dans le T.G.V. avant midi.

— Il faut un endroit tranquille. Or, Michel loue un studio discret pour y commettre avec sa maîtresse le vilain péché d'adultère, pouah ! C'est là que le rendez-vous est pris avec les tueurs. Là qu'il fait venir son épouse, sa maîtresse se trouvant en voyage. Mais le destin veille. Il a son mot à dire, le destin. Aidé de son camarade de promotion le hasard, il provoque le retour inopiné d'Aline Sambois. Les deux femmes face à face ! Explosion ! Maryse s'en va, laissant la place à sa rivale puisqu'elle est pratiquement chez elle. Les tueurs se pointent. Ils ne connaissent pas Maryse, prennent Aline pour elle et la butent, vous me suivez ?

— Rocambolesque !

— Mais vrai. Une belle réalité a toujours eu le pas sur une mauvaise fiction, ma chérie. Remplacez « chérie » par « madame le juge », papa Roupille ! merci.

Hélène hoche la tête :

— Continuez.

— Dans le complot d'assassinat, il a été convenu qu'après le meurtre les assassins amèneraient le corps au domicile de la victime. Pendant tout ce micmac, Michel Lainfame se montrerait ostensiblement en des lieux où il était connu afin de se constituer un alibi. Quand ses complices, probablement inconnus de lui, mais qui, mon petit doigt me le gazouille, faisaient partie de l'équipe Moulayan, le préviennent que tout est O.K., le diabolique personnage m'appelle. Il a son plan. D'un machiavélisme qui dépasse tellement les limites que je n'ose vous l'exposer, madame mon amour de juge...

Elle réprime un nouveau sourire.

— Je suis ici pour tout entendre !

— C'est bon à savoir. Donc, essayez de comprendre le dessein hardi de Michel Lainfame : ce garçon sait que son épouse est morte chez lui. Il est en mesure de prouver qu'il ne l'a pas tuée. Pourtant, il tient à « planifier » la situation. Sachant par d'imprudentes lettres de moi que j'eus une aventure — oh ! sans lendemain, ne sois pas jalouse, ma beauté — avec sa femme, il me téléphone. J'ai su depuis qu'il était certain de me trouver à mon bureau à cette heure-là, car il avait passé des coups de fil à la Grande Taule la veille et appris que nous avions une réunion des commissaires le matin.

Je m'interromps pour chuchoter par-dessus la table, à l'abri de l'oreille professionnelle du vieux Roupille :

— Dites donc, Hélène, la cantharide ne vous chahute pas déjà le glandulaire ? Moi je commence à me sentir tout bizarre du soubassement.

Elle se contient et, sèchement :

— Je vous prie de poursuivre votre exposé, commissaire !

Bon, bon, le fruit n'est pas tout à fait mûr, du reste j'aurais de la peine à le cueillir devant les deux témoins qui nous cernent.

— Bien, madame le juge. Donc, Michel Lainfame me tube pour me demander instamment de le rejoindre ; il y a une telle exhortation dans sa voix que je cède. Nous opérons notre jonction chez *Lipp*. Le vilain petit bonhomme me déclare en vrac plusieurs choses : qu'il a trucidé sa femme au cours d'une crise de jalousie, qu'il sait qu'elle a des faiblesses pour moi et que, en compensation, je dois l'aider. Là-dessus il m'emmène chez lui. J'aurais dû refuser de le suivre, mais nous autres, grands policiers émérites, dès qu'on nous parle meurtre nous remuons la queue comme un setter irlandais quand on parle de grouse devant lui. A propos de remuer la queue, ma chère, ces moules, croyez-moi, ce n'est pas un leurre ! N'écrivez pas, n'écrivez surtout pas, monsieur Roupille !

— Je n'ai jamais enregistré une déposition pareille ! glapit le Déplumé.

— Et attendez, ce n'est pas fini !

— Je ne sais pas ce qu'en pense le juge Favret, dit le scribe.

— Je vous le dirai demain, coupé-je, pour l'instant, on finit dans la foulée, mon Révérend. Où en étais-je ? Oh ! *yes :* je suis Lainfame jusqu'à son domicile, pour constater son forfait. Nous savons bien que les mythomanes foisonnent et que ce n'est pas parce qu'un homme s'accuse d'un crime qu'il l'a forcément perpétré.

« Saviez-vous quel était le projet du lascar en m'emmenant à son domicile ? Eh bien je vais vous le dire : me tuer, mon cher juge, tout bêtement ! Des lettres courtes mais éloquentes que j'avais adressées à Maryse établis-

saient qu'il y avait eu liaison entre nous. Le cadavre !
Moi sur place. Vous devinez le reste ? Il ameutait la
garde, expliquait que m'ayant trouvé auprès de son
épouse morte, il avait réussi à m'abattre avec du
contondant : légitime défense, la couvrante idéale,
non ? Il n'avait pu trucider son épouse, par conséquent
c'était bibi le coupable, superbe, non ? Un officier de
police ! vous pensez si les collègues allaient calmer le
jeu. Il jouait sur le velours !

« Mais qu'aperçoit-il en déboulant dans sa chambre ?
Non pas son épouse, mais sa maîtresse ! Du coup,
l'univers bascule ! Il pantelle, il est dépassé, abasourdi,
vidé ! Je savais bien que sa stupeur n'était pas feinte !

« La suite ? C'est un cadeau pour vous, ma jolie. Elle
ressortit de votre job. Ce que je pense, grosso, et même
modo, c'est, dans les grandes lignes : que Maryse est
partie après son altercation avec sa rivale. Peut-être
s'est-elle réfugiée dans quelque petit hôtel de province ?
Le lendemain, elle apprend par les médias ce qui s'est
passé et, du coup comprend tout, car elle était pas
manchote du bulbe. Elle pige qu'il s'est agi d'un gai
tapant et qu'elle y a échappé grâce au retour inattendu
d'Aline. Son mari l'avait priée d'aller au studio. Et puis
ce meurtre. Elle entrevoit tout, elle se terre, elle me
prévient d'aller la rejoindre chez ses beaux-parents. Elle
espère en moi. Les mecs de la bande pigent qu'il y a eu
une moche maldonne.

« Alors c'est la chasse à la femme. On place du
renfort chez les parents Lainfame. Les autres chocotent
car souvenez-vous que Michel a assuré que son épouse
savait tout de leurs combines. Il faut retrouver Maryse,
coûte que coûte, très vite. Mais la belle-mère n'adhère
pas tout à fait à cet hallali. Elle sait bien que son vieux
kroum est un forban, elle l'aide à chiquer les paralytiques, mais de là à vouloir la mort de sa belle-fille...
Alors, elle ne dit rien lorsque Maryse passe devant leur

maison, mieux : elle m'en informe… Vous voyez que toutes les belles-doches ne sont pas les affreux dragons qui font la pâture des chansonniers.

« Le reste vous l'avez suivi, peu ou prou, compris ou non, vécu ou subodoré. Je mène mon enquête. L'état d'alerte est proclamé dans le clan Moulayan. On m'épie. On trouve que je brûle. On veut me supprimer en douceur, d'où le coup du verre enduit d'acide prussique. C'est le sauve-qui-peut ! Tonio est là, et la saleté s'en va. Moulayan saute dans le premier vol venu. Sa gonzesse fonce alerter Van Delamer mouillé à Villefranche. Du coup, le Hollandais plie bagage ! Le bateau n'allant pas assez vite et étant facilement repérable, les yachtmen s'enfuient en bagnole. Avant de filer, comme le marin sait des choses, on piège le barlu… histoire de neutraliser un témoin gênant. Ah ! vous allez pouvoir vous amuser, ma chère âme ! Il va y en avoir des commissions rogatoires, des convocations, des arrestations ! L'affaire est énorme ! Je pense que Michel Lainfame complétera l'histoire que son croquant de père a racontée, sans trop de résistance, à mon éminent collaborateur, l'officier de police Bérurier. »

— Si qu'il ferait des réticeries, prévenez-moi, ma gosse, déclame le Mélodieux, j'sus t'à vot' dispose pour ouvrir l'clapet des calcitrants. Quand tonton Béru pose des questions, on lu répond, c'est recta !

Je soupire.

— Franchement, juge, on va stopper là l'entretien, je vous ai offert un beau bouquet de renseignements, non ?

— Je mettrai cela en clair, fait le juge.

— Vous trouvez que ça ne l'est pas ?

— Beaucoup de points restent obscurs. Par exemple, vous êtes-vous demandé pourquoi Lainfame prétendait avoir revolvérisé sa femme ?

— Elle devait l'être par les tueurs, pardine !

— Mais la maîtresse qu'ils ont soi-disant prise pour

elle a été poignardée ! Vous galopez trop vite, commissaire, moi, je réfléchis et je me demande : et si c'était Mme Lainfame qui avait assassiné Aline Sambois ? Les tueurs à gage, trouvant le travail accompli n'ont qu'à apporter le cadavre rue de Rennes. En outre, cela expliquerait mieux la fuite de notre amie Maryse. Il me reste à vérifier tout cela, commissaire.

— Non, rétorqué-je, il reste autre chose à faire, d'extrêmement mieux, Hélène, mais pour cela j'aimerais que nous demeurions en tête à tête !

Elle balbutie :

— Oh ! Com... commissaire...

Et moi, péremptoire, à Roupille et Béru :

— Si vous voulez bien nous laisser, messieurs, c'est confidentiel.

— Je ne sortirai que si le juge Favret m'en donne l'ordre ! déboute le squale avarié.

D'un pas lent et noble de paysan arpentant son domaine, Béru va à lui.

— On t'a dit qu'y faut qu'on va sortir, bout d'homme. Tu veux pas qu'on t'le r'demande par lettre recommandée av'c accusé d'déception, non ?

Il l'empoigne par le colback et l'emporte, comme l'ogre emportait j'sais plus qui, mais il avait raison. Roupille glapit, trépigne, en appelle à la loi, à la force publique.

— Te fais pas péter les ficelles, l'Ancêtre, morigène le Gros, la force publique, c'est moi, d'ailleurs, je viens juste pour t'offrir un pastaga. Sans eau.

Et ils sortent.

Par acquit de conscience, je vais bloquer la lourde à l'aide d'un dossier... de chaise.

Puis je reviens au juge. Elle est écarlate et respire à grand-peine.

— Tu te souviendras de l'année de la moule, ma chérie ? lui chuchoté-je. Allons, ne regimbe plus, je t'aime. Tu es jolie, il fait beau. Ecoute le gazouillis des marteaux-piqueurs niçois ! L'air sent le mimosa, et toi tu sens la femme. Laisse-moi te prouver que la vie est belle. Tu ne me crois pas ? Tiens, touche !

CHAPITRE PREMIER

Achevé d'imprimer le 18 juin 1982
sur les presses de l'Imprimerie Bussière
à Saint-Amand (Cher)

— N° d'impression : 1418. —
Dépôt légal : septembre 1982.

Imprimé en France

PUBLICATION MENSUELLE